"TENHO ESPERANÇA NESSA GURIZADA. ELES AINDA VÃO FAZER UM MUNDO MUITO MELHOR DO QUE ESSE QUE A GENTE CONSEGUIU CONSTRUIR. CLARO, TUDO ISSO DEPOIS QUE PASSAR A FASE DA ADOLESCÊNCIA, QUE É A HORA DO RECREIO."

CRÔNICAS

PARA LER NA ESCOLA

KLEDIR RAMIL

© 2014 by Kledir Ramil

Todos os direitos desta edição
reservados à Editora Objetiva Ltda.,
rua Cosme Velho, 103
Rio de Janeiro — RJ — CEP: 22241-090
Tel.: (21) 2199-7824
Fax: (21) 2199-7825
www.objetiva.com.br

Capa e projeto gráfico
Crama Design Estratégico

Imagem de capa
Rodrigo Lopes

Produção gráfica
Marcelo Xavier

Revisão
Taís Monteiro
Ana Grillo
Eduardo Carneiro

Editoração eletrônica
Abreu's System

CIP-BRASIL. CATALOGAÇÃO-NA-FONTE
SINDICATO NACIONAL DOS EDITORES DE LIVROS, RJ

R139c
    Ramil, Kledir
        Crônicas para ler na escola / Kledir Ramil ; [seleção Regina Zilberman].
– 1. ed. – Rio de Janeiro : Objetiva, 2014.

        163p.   ISBN 978-85-390-0529-1

        1. Humorismo brasileiro. 2. Crônica brasileira. I. Título.

    13-05632   CDD: 869.98
                                                CDU: 821.134.3(81)-8

CRÔNICAS
PARA LER
NA ESCOLA

KLEDIR
RAMIL

SELEÇÃO REGINA ZILBERMAN

Sumário

Apresentação, 9

Língua brasileira
Língua brasileira, 17
As plaravas, 21
Menas laranjas, 23
Plurals, 25
Os porquês, 29
Teclados, 31
Um findi a fuzel, 33

Esportes
Jogos Olímpicos, 41
Academia de ginástica, 43
Em busca do tênis perfeito, 45
Futebol de campanha, 47
Floresta Futebol Clube, 51

Bichos estranhos
Quanto vale uma vaca?, 55
Bichos estranhos, 57
O bicho-homem, 59
Homem de laboratório, 61
Galinha viva, 63

Em família
Como fazer uma pipa, 67
Ombrelone, 69

Gancho pra rede, 71

Não matarás, 73

Dia dos Pais, 75

Bodas de prata, 77

Lindinha, 79

Quadrúpede, 81

Acabou o recreio
Reflexões filosóficas, 87

A medida das coisas, 89

Calendário, 91

Síndrome de Otto, 93

A cor do dinheiro, 95

Canhotos, 97

O fim do mundo, 99

Assim caminha a humanidade
Como ganhar dinheiro fácil, 105

A rede, 107

Desfile de cabides, 109

O dedão opositor, 111

Dinheiro, 113

Facebook, 115

Mundo virtual, 119

Na estrada
A máquina de sonhos, 123

Persona non grata, 125

A arte de esquecer, 127

Ôxe!, 129

O Bloco das Almôndegas, 131

Profissões

Ascensorista, 135

Engenheiro, 137

Médico, 139

Cantor, 141

Música e matemática, 143

Prostituta, 145

Super-homens, 147

Presidente da República, 149

Gente do Brasil

Carnaval de rua, 153

República dos Rios Grandes, 155

Gente do Brasil, 159

Datas e locais de publicação das crônicas deste volume, 163

Apresentação

CRÔNICAS EM TOM DE CONVERSA

Se você é daqueles leitores que começam um livro de crônicas pelo final, não perca tempo: vá diretamente para "Gente do Brasil", o texto que fecha esta seleção. Nela, você encontrará várias das qualidades da prosa de Kledir Ramil.

De imediato, constatará que aquela crônica não faz mais do que relacionar personalidades famosas da cultura brasileira contemporânea, que se estendem da música popular e do futebol à literatura e ao teatro. Mas a arrumação dos grupos não considera as atividades dos artistas da voz, da bola ou da palavra, e sim seus nomes ou sobrenomes, que podem aludir a um local, a um fenômeno da natureza, a um instrumento musical.

Essa combinação particulariza cada grupo, não para insistir nas individualidades, mas para denunciar uma identidade comum e profunda: é a "gente brasileira", isto é, o povo de que fazemos parte, sejamos também artistas ou não, tenhamos ou não um nome ou sobrenome que nos singularize. Por isso, todos somos "gente da gente", como a crônica repete após cada enumeração.

É ou não uma maneira original de falar do Brasil e seus criadores? Ao fazê-lo, o cronista não propõe nenhum estudo sociológico, nem diagnósticos definitivos sobre o nosso comportamento ou nacionalidade. Mas deixa muito claro seu posicionamento: pertencemos a essa comunidade que brinca com os próprios nomes, de maneira alegre, modesta e acessível.

É dessas qualidades que se nutrem as crônicas de Kledir: são divertidas, simples e compreensíveis — generosas também, porque anseiam pela comunicação com o leitor, que não terá qualquer impedimento em captar seu conteúdo. Mas não quer dizer que não sejam originais e criativas. Se você voltar a "Gente do Brasil", verá que o texto, enumerativo, não contém nenhum verbo, apenas alguns substantivos e raros adjetivos, aqueles que pertencem aos nomes das pessoas mencionadas ou que aparecem no refrão "Gente do Brasil, gente brasileira, gente da gente". Predominam, de modo quase exclusivo, os substantivos próprios, e eles dizem tudo o que o cronista deseja transmitir. Acredite: não é fácil chegar a essa simplicidade, criatividade e originalidade. Mas é possível, e Kledir Ramil prova isso na crônica escolhida para encerrar sua seleção.

Mas vamos supor o caminho mais usual: você começa a ler um livro de crônicas, acompanhando a ordem em que elas são apresentadas. Nesse caso, depara-se com "Língua brasileira", que comenta a diversidade linguística de nossa terra. Não se trata apenas de variações no vocabulário (as chamadas diferenças lexicais), já que incide em distinções fônicas, alterações no emprego do diminutivo ou do aumentativo, em questões semânticas e até, em algumas circunstâncias, em modificações sintáticas.

A língua retrata, assim, a pluralidade de hábitos, condutas e falas que formam a nação brasileira. Por isso, Kledir Ramil refere-se, no título da crônica, à "língua brasileira", e não à língua portuguesa falada no Brasil. Nosso país, mosaico de etnias, culturas e expressões, encontra sua tradução na própria língua em que nos manifestamos, de modo que, ao empregar "tchê" ou "merrmão", estamos expondo o que somos, nosso lugar no espaço nacional, o compromisso de cada um com o grupo e a coletividade.

Pode parecer muito em pouco texto? Sim, mas é o que uma crônica aparentemente simples e muito comunicativa desvela, e essa característica marca a escrita literária de Kledir.

Também pertence ao lado comunicativo do cronista sua opção pelo humor.

Às vezes, esse humor aparece pelo ângulo da anedota. Em "Língua brasileira", a piada fica por conta do duplo significado da palavra "cacetinho", que no Rio Grande do Sul, terra natal do cronista e de sua família, designa o pão francês de 50 gramas, conceito aparentemente restrito àquela região do país. Cujas peculiaridades semânticas, aliás, são exploradas também em "Um findi a fuzel", texto de página e meia que requer mais outras duas para dar conta da tradução dos vocábulos típicos do linguajar, entre urbano e regional, do narrador.

Em outras crônicas do segmento dedicado à língua, como "As plaravas" e "Plurals", o humor revela suas outras tonalidades, relacionadas às habilidades disponibilizadas pela leitura e pela expressão verbal. No primeiro caso, o cronista se diverte com os resultados de uma pesquisa, que conclui ser o leitor capaz de entender o que lê, desde que a primeira letra da palavra impressa esteja no lugar certo. O próprio título da crônica, que, à primeira vista, pensamos ser um erro tipográfico, exemplifica a tese, sendo todo o texto registrado conforme o mesmo princípio. Mais uma vez original, Kledir Ramil desenvolve o tema sem deixar cair a peteca, isto é, sua escrita não perde sentido, embora a disposição das letras esteja sistematicamente trocada.

"Plurals", por sua vez, brinca com uma virtualidade das expressões verbais em língua portuguesa, que, conforme a regra, marca o plural com o acréscimo de um "s", o que nem sempre ocorre. Outra peculiaridade da língua portuguesa é o plural dos vocábulos terminados em "ão", que não se dá de modo regular, levando muitas vezes à ultracorreção, característica que o cronista usa e abusa, ao reproduzir o discurso de um indivíduo que se preocupa em falar corretamente, cometendo, todavia, inúmeros equívocos, todos bastante engraçados. De teor similar é "Menas laranjas", que alude a problemas de concordância entre o substantivo e o advérbio em nosso idioma materno.

Nas crônicas seguintes, o humor se espraia, verificando-se em cenas domésticas, relativas frequentemente à vida familiar, na definição das profissões ou na apresentação de figuras humanas e não humanas. O cronista está presente em muitos dos episódios reproduzidos, mas não em todos; e nem todos os textos são narrativos, predominando em vários o comentário ou a descrição. É comum ao conjunto a visão peculiar com que eventos, pessoas e situações são exibidos, facultando o pendor cômico aqui posto em relevo.

Pertence à natureza da crônica privilegiar o cotidiano, especialmente o dos principais centros urbanos, modernos e agitados. Mas ela não ignora a importância da memória e dos afetos, às vezes colocados juntos, valorizando, assim, a emoção. Kledir Ramil não deixa de lado essas características do gênero que escolheu, e textos como "Lindinha", em que relembra a canção sugerida pela necessidade de embalar a filha recém-nascida, exemplificam essa vertente em sua obra.

Na maioria das vezes, porém, as cenas que envolvem os filhos resultam de incidentes que pertencem à experiência doméstica e que, destacados pelo olhar do cronista, mostram-se divertidos. Principalmente porque envolvem sua condição de "pai de família", responsável pelo sustento dos herdeiros, seja financeiro, seja emocional. Em "Como fazer uma pipa", ensina um genitor cioso de suas obrigações paternas a construir uma pandorga, ciente, todavia, de que a tarefa está fadada ao fracasso. Em "Dia dos Pais", reivindica, também sem grande sucesso, a comemoração da data a ele dedicada, enquanto em "Quadrúpede" constata sua quase absoluta falta de poder no âmbito do lar, ao ver contrariada sua vontade de não ter um cão em casa.

Nos episódios dedicados à família, o cronista assume a primeira pessoa, para desencobrir suas limitações diante dos filhos e da esposa, situação esta última retratada, por exemplo, em "Gancho pra rede". Porém, não apenas no campo doméstico o cronista se percebe apequenado: quando relata os esforços para comprar um par de tênis ou ajustar-se ao universo dos esportes e das academias de ginástica, mais uma vez confessa suas inaptidões e perplexidades perante a sociedade moderna, o que ainda transparece em "Desfile de cabides" e "Mundo virtual".

O reconhecimento de sua falibilidade e, digamos, finitude não significa, porém, que o cronista se veja inferiorizado ou lesado. É tão somente um jeito de expor sua sinceridade e, ao mesmo tempo, fragilidade, evidenciando-se, portanto, uma pessoa como nós. Pois, da mesma maneira como pode provocar o riso, ao comentar as diferentes profissões — que se estendem da posição de ascensorista à de presidente da República, passando pela de cantor, em que se enquadra —, ele é capaz de zombar de si mesmo.

Observe-se que o autor é muito hábil ao tornar-se, ele mesmo, motivo da anedota, mesmo quando relembra acontecimentos transcorridos na juventude, como o do Carnaval de Pelotas. É que, ao fazê-lo, ele não se diminui perante o leitor nem utiliza os fatos para alcançar a piedade de seu destinatário. Pelo contrário, quer mostrar que todos vivemos dificuldades similares no que diz respeito às relações entre pais e filhos, à convivência entre colegas de trabalho ou às virtualidades do mundo atual, no qual sobressaem o apelo ao consumo, o encanto com as redes sociais, a necessidade de se manter em uma boa forma física.

Quando lemos as crônicas de Kledir Ramil, sentimo-nos, pois, em casa, sendo-nos oferecida a possibilidade de um diálogo gratificante.

E, no decorrer desse diálogo, podemos ocupar uma das tantas posições que o autor oferece: a do pai diante do filho, e a do filho diante do pai; a do artista diante de seu público, e a do público diante do artista; a do indivíduo maduro diante do jovem, e a do jovem diante de um representante de uma geração mais idosa.

Com quem você se identifica? Porque um desses lugares é oferecido a você, comece o livro pelo fim, pela primeira página ou pelo meio. Trate, pois, de preenchê-lo, ponha-se à vontade e divirta-se bastante!

Regina Zilberman

Língua brasileira

Língua brasileira

Outro dia eu vinha pela rua e encontrei um mandinho comendo bergamota, um guri desses que andam sem carpim, de bragueta aberta, soltando pandorga. Eu vinha de bici, descendo a lomba pra ir na lancheria...

Se você não é gaúcho, provavelmente não entendeu nada do que eu estava contando. No Rio Grande do Sul a gente chama tangerina de *bergamota* e carne moída de *guisado*. *Bidê*, que a maioria usa no banheiro, é o nome que nós demos pra mesinha de cabeceira, que em alguns lugares chamam de criado-mudo. E por aí vai. A privada nós chamamos de *patente*. Dizem que começou com a chegada dos primeiros vasos sanitários de louça, vindos da Inglaterra, que traziam impresso "Patent" número tal. E pegou.

Ir aos pés, no Rio Grande do Sul, é fazer cocô. Eu acho *tri* elegante, poético. "Com licença, vou aos pés e já volto."

O Brasil tem dessas coisas, é um país maravilhoso, com o português como língua oficial, mas cheio de dialetos diferentes.

No Rio de Janeiro é "e aí, merrmão! CB, sangue bom!" Até eu entender que *merrmão* era "meu irmão" levou um tempo. Pra conseguir se comunicar, além de arranhar a garganta com o erre, você precisa aprender a chiar que nem chaleira velha: "Vai rolá umasch paradasch ischperrtasch."

Em São Paulo, capital, eles botam um "i" a mais na frente do "n": "Ôrra meu! Tô por deintro, mas não tô inteindeindo o que eu tô veindo." E no *interiorrr* falam um erre todo enrolado: "A Ferrrnanda marrrcô a porrrteira." Dá um nó na língua. A vantagem é que a pronúncia deles no inglês é ótima.

Em *Mins*, quer dizer, em Minas, eles engolem letras e falam *Belzonte, Nossenhora, doidemais da conta, sô!* O mineiro, quando se perde, já tem uma frase pronta: "Eu não sei quemcossô, oncotô, doncovim e proncovô." Qualquer objeto eles chamam de *trem*, como naquela história do mineirinho na plataforma da estação. Quando ouviu um apito, falou apontando as malas: "Muié, pega os trem que o bicho tá vindo."

No Nordeste é tudo "meu rei, bichinho, oxente". Pai é *painho*, mãe é *mainha*, vó é *vóinha*. E pra você conseguir falar com o acento típico da região, é só cantar a primeira sílaba de qualquer palavra numa nota mais aguda que as seguintes. As frases são sempre em escala descendente, ao contrário do sotaque gaúcho.

Mas o lugar mais interessante de todos é Florianópolis, um paraíso sobre a terra, abençoado por Nossa Senhora do Desterro. Os nativos tradicionais, conhecidos como *manezinhos da Ilha*, têm o linguajar mais simpático da nossa língua brasileira. Lagartixa, eles chamam de *crocodilinho de parede*. Helicóptero é *avião de rosca* (que deve ser lido *rôschca*). Carne moída é *boi ralado*. Se você quiser um pastel de carne precisa pedir um *envelope de boi ralado*. Telefone público, o popular orelhão, é conhecido como *poste de prosa*. Ovo eles chamam de *semente de galinha* e motel é *lugar de instantinho*.

Dizem que isso tudo vem da colonização açoriana, inclusive a pronúncia deliciosa de algumas expressões como *"si quéisch quéisch, si não quéisch, disch".*

Se você estiver por lá viajando de carro e precisar de alguma informação sobre a estrada pra voltar pra casa, deve perguntar pela *Briói*, como é conhecida a BR-101.

Tudo isso é muito engraçado, mas às vezes dá problema sério. A primeira vez que minha mãe, gaúcha do interior, foi ao Rio de Janeiro, entrou numa padaria e pediu: "Tchê, me dá um cacete!!!" *Cacete* pra nós é pão francês. O padeiro caiu na risada, chamou-a num canto e tentou contornar a situação. Ela ingenuamente emendou: "Mas o senhor não tem pelo menos um cacetinho?"

N. do T. — *mandinho* é garoto, *carpim* é meia, *bragueta* é braguilha, *pandorga* é pipa, *bici* é bicicleta, *lomba* é ladeira, *lancheria* é lanchonete.

As plaravas

Rceebi uma megnseam cruisoa com a inrfoámaço de que uma usinidavdere ienslga fez uma pqesusia e dreobiscu que, praa a letirua, não inrestesa a odrem em que as lrteas de uma plravaa etãso, "a úncia csioa iprotmatne é que a piremria e a útmlia lrtea etejasm no lgaur crteo". Não me pentruge pouqre. Ahco mituo eqsuitsio, mas a vdaerde é que fciunona. E se fcionuna em iglêns e pugortêus, dvee fiouncnar até em hgarúno.

Gotsei da noíctia e rsloevi erevscer um ranomce iteinro com essa nvoa otorafgria. Psenei na iedia de um prseoagnem dsléixcio, dodato de uma ingêteclinia etraoxrdnáiira, ctanondo a hóistria na preiimra pssoea. A dsleiixa é uma dfunçisáo metanl que faz com que o sueitjo, etnre otuars coaiss, eambrahle as ltreas de uma plavara. O que não o imedpe de dnveseovelr hilabdadies epesaciis. Tom Cuirse, por emxelpo, é dléixciso e tnooru-se um dos maoreis arosts de Hywoollod de tdoos os tpemos.

Meu raomnce treia uma luingaegm prórpia, com essa oratogrfia eastrhna, e nesitacesria um ctero esrfoço praa ser apacomhnado. As alçõteraes em cada squeiênca de lraets segriauim uma liógca picartular ciarda pelo pronistotaga, com um cdigóo seetcro emdbutio no seu porsceso de elaçaborão. Um tpio de critopfigraa que, desdanveda, revilaera sreoegds de Eastdo. Mias tdare, qanduo a hóriista fsose aptdaada praa o cemina, Tom Ciusre prodeia fzear o ppeal pciprinal. Ddese que acsitaese o cchaê.

As pvralaas são cmoo os fmiles. A gtene lebrma do cmeoço, do hpapy end e é caapz de ctaonr a htórisia tdoa, mmeso que não coignsa dcreveser exentatame a squncieêa de coters, o endeacamnteo em que faorm modantas as ceans.

A vdia de tdoo mduno tabémm é aissm. Qnduao a gtene nscae, aguélm dá um gitro de aglleria. No fim, esvecrem uma fasre bionta nmua lidápe deizndo que fooms baancas e dxamereios sdaaude. E rigeastrm as daats: nimasntceo e mrtoe. O que vieo no mieo dsiso foi um mtone de csaois muistdraas, baos e riuns, e nguéinm lebrma mias deitiro em que oderm eals faorm apacenredo. Ou sjea, não itmpora msmeo.

Pblao Nuerda dziia que "eevscrer é siplmes, coçmea com uma maúsciula, tinerma com um ptono e no mieo vcoê coocla as ieidas". É uma blea fsrae que coirmnfa essa tieora. O que iesntersa é cmoo a csoia ceçoma e cmoo trmiena.

Dsdee que, é calro, vcoê tnhea aumlga iedia intsanereste praa colaocr etrne a maslciúua e o potno fianl.

Menas laranjas

Considero a nossa língua uma das mais fascinantes do planeta. Bem, talvez tenha que se levar em conta que é uma das poucas que conheço, mas independentemente da minha limitada capacidade de avaliação, posso garantir que é uma língua bonita, cheia de palavras interessantes e com uma sonoridade especial. O que talvez explique por que tantas canções em português viraram sucesso mundo afora.

Tanta beleza, é claro, só pode ser apreciada se ela for usada corretamente. O que é discutível, pois o "correto" é sempre uma avaliação de gosto pessoal — como essa que estou fazendo aqui — e pode trazer embutido um preconceito linguístico. Enfim, seguem meus comentários sobre coisas que me incomodam.

Você não deve dizer "seje", por exemplo. Nem que seja num bate-papo de botequim. Tampouco deve usar "esteje". Mesmo que você já esteja na quarta cerveja e todo mundo "esteje" falando assim.

Se você for do sexo feminino e tiver trabalhado o dia inteiro, não pode falar pro namorado que não quer sair porque está "meia" cansada. Meia é aquilo que se usa no pé. Você provavelmente está "meio" cansada e, cá entre nós, deve estar cansada mesmo é do namorado. Porque quando a gente gosta de verdade, sempre encontra forças para um jantar a dois.

Se alguém falar "menas" laranjas, pode rir à vontade. A não ser que você esteja numa recepção mais formal e o equívoco tenha sido cometido pelo dono da casa. O que não é impossível de acontecer.

O R é uma letra traiçoeira, é preciso tomar cuidado. Anote aí: fustrado, cocrodilo, ededrom, largartixa, estrupo, cardarço. Tá tudo errado. Confira no dicionário.

Nunca diga "haviam muitas pessoas no local". O correto é usar o singular: "havia muitas pessoas". Mesmo que fosse uma multidão. "Para mim gostar" é coisa de índio. Quem conjuga o verbo é o pronome pessoal reto: "Para eu gostar, para tu gostares, para ele gostar…"

Se você escutar alguma secretária falar "vou estar anotando o seu recado", não se irrite. Use o bom humor e diga que vai "estar perdendo a paciência" se ela continuar falando assim. O gerundismo virou uma praga. Vem de traduções malfeitas do inglês e contaminou algumas áreas, principalmente o telemarketing.

A língua brasileira é mesmo fascinante. Produziu poemas e romances da melhor qualidade, mas, como tudo na vida, também tem suas estranhezas. Por exemplo: por que "embaixo" é uma palavra só e "em cima" são duas? Por que a gente bota a calça e calça a bota? Por que as pessoas embarcam no avião, no carro, no trem e não apenas no barco? Por que "pois não" quer dizer sim e "pois sim" quer dizer não?

E a pergunta que não quer calar e me tira noites de sono: por que "tudo junto" é separado e "separado" é tudo junto?

Plurals

Caros cidadões,

Tenho subido os degrais da escada da vida com umas séries de dificuldades, por isso várias questães ficam martelando minha cabeça. Uma das principals são as absurdas utilizaçãos errônicas que fazem da nossa língua pátria na hora de usar os plurals.

São tantas equivocaçães que eu acho que deveria haver puniçãos para os infratores. Multas, advertências. Quero ver se assim esses inútils vão continuar cometendo infraçãos.

Os perfils dos transgressores das regras são sempres os mesmos: indivíduos de ambos os sexos, cors indefinidas, segundos grais incompletos, alturas variáveres entre um metro e meio e uns metros e oitentas.

Seriam as organizaçãos multinacionals as responsáveres por esses erros de utilizaçãos da língua brasileira? Não falo das bobagens escritas, mas da nossa fala cotidiana, dos nossos tropeços nos empregos orals do idioma. Noses, os brasileiros, samos obrigados a engolir goela abaixo umas séries de decisães que interessam a quem?

Qualqueres que sejam as respostas, a verdade é que são decisães difícils de serem assimiladas e precisa haver uma tomada de posiçãos. O governo precisa se mexerem. Temos que ser mais ágils. Só assim sairemos dessas vergonhosas situaçães de vermos o nosso Brasil sempre nas listas dos piores do mundo. São péssimos desempenhos nas áreas das culturas, dos socials e das educaçãos. Todo mundo sabe: quanto menas verbas, menores seráos os resultados.

Só tem um jeito de resolver issos: fazer reformas agrárias de verdade e dividir os latifúndios improdutivos entre os coitados dos sems-terras. E ainda tem os sems-tetos, os sems-empregos e os sems-dinheiros, que samos a maioria de todos noses.

Comecei a fazer anotaçãos e achei mais de mils equívocos em apenas um pequeno universo linguístico observado. Os principals erros encontrados sáos as concordâncias verbals e o emprego dos plurals.

Seriam os cidadães brasileiros incapázeres de aprender? Será que estamos precisando de atendimentos especials? Seria o nosso lápi escolar feito de carbono radioativo, com efeitos colaterals? Não sei, não sei. Já estou desconfiando de tudo.

Nossos atletas estão agora se preparando para os Jogos Olímpicos. Deviam entãos também prepararem os discursos, pois sempre dizem besteira. Sejam quals sejam as falaçãos dos participantes, no fim todos querem mesmo é ganhar medalhas e troféis. Esse negócio de espírito esportivo é conversa pra boi dormir. Sempre háo segundas intenções.

Combinei um encontro com meu advogado num desses bars que fica no topo de uns arranha-céis no centro da cidade. Cheguei atrasado, pois alguém havia furado os pneis do meu carro. Desconfio dos cãos de guarda do meu vizinho, uns animals terríveres. Pedimos dois pastels e duas Pepses e ficamos ali, nós os doises, discutindo o problema. Ele acha que eu estou tendo visãos. Que isso é culpa dos stresseres do dia a dia, típico de pessoas que vivem com os coraçãos disparados. Você também acha que isso não passa de alucinaçáos? Pois não sáos alucinaçáes. Sáo coisas reals.

Fiz questão de levar o assunto até o fim e resolvi entrar com dois processos judicials. Um por perdas, outro por danos. No dia da audiência o juiz apontou para mim, com seus dedos cheios de anels. O juiz é um sujeito singular, só fala no plural. O plural majestático.

Pedi então a Sua Excelência que me explicasse as leies da língua pátria. Ele respondeu:

— Os plurals são fáceis: uma xícara, duas xícaras. Um pir, dois pires. Um páo, dois páes. Uma mão, duas mães. Um mamão, dois mamães. Não tem erro. Os bons e os maus, os bens e os mais.

E continuou:

— Certos povos mais antigos têm línguas complicadas, como os alemóes e os coreanenses. Aqui no Brasil, onde somos mais novos, a coisa é simple. Letra S no final de uma palavra significa que ela não está no singular. Como é o nosso caso. Nós nos chamamos Régis, somos um cara plural.

Não aguentei. Levantei e fui embora. Um Régi, dois Régis!?! Nessas ocasiáos, o melhor a fazer é ficar quieto e nos recolhermos às nossas insignificâncias.

Depois dessa, decidi voltar a estudar o portuguê.

Ou será os português?

Os porquês

Nunca entendi por que existem tantos porquês na escrita da língua portuguesa. São quatro. "Porque", "porquê", "por que" e "por quê".

Dá pra entender? Pois é, eu também acho um exagero. Quando criança, devo ter faltado à aula sobre esse tema e o resultado é que continuo cometendo erros, sem saber direito o porquê dos porquês.

Em inglês, por exemplo, é muito fácil reconhecer a diferença entre *why* e *because*. Uma serve para interrogação, outra para afirmação. Os franceses também usam palavras distintas para perguntar e responder: *pourquoi* e *parce que*.

Hoje em dia, como muitos escritores, me beneficio da vantagem do corretor ortográfico do computador e, na hora de publicar, conto com a ajuda dos revisores, esses anjos da guarda que limpam as besteiras que a gente faz com as regras da "última flor do Lácio, inculta e bela".

Envergonhado de ser corrigido o tempo todo por meus deslizes, resolvi abrir o empoeirado livro de gramática que dormia na prateleira e cheguei a algumas conclusões. Resolvi anotar pra não esquecer:

Porque — é uma conjunção, serve para ligar duas orações.

Porquê — é um substantivo e deve ser usado quando você precisa explicar a razão, o motivo, "o porquê" das coisas.

Por que — escreve-se separado quando o "que" tem função de pronome. Em geral, é usado no sentido de "pelo qual" ou "por que razão".

Por quê — sempre que estiver em um final de frase, o "quê" deve ser acentuado.

Acho que é isso. Vou fazer uma cola e carregar no bolso.

Cada vez que cometo um erro dessa natureza, fico pensando que o professor de português deveria ter sido mais rigoroso comigo. Deveria ter me batido com a régua nos dedos e me colocado de castigo, de joelhos em cima de grãos de milho, no canto da sala. Com um cone de papel enfiado na cabeça. Talvez assim eu tivesse aprendido a matéria.

Atualmente, o mundo está bem melhor e os jovens têm a oportunidade de aprender com mais leveza. A pedagogia tem evoluído, com métodos cada vez mais eficientes e didáticos. E, graças a Deus, as punições para esse tipo de infração gramatical são mais civilizadas.

Mesmo que minhas bobagens continuem sendo corrigidas pelo olhar atento dos revisores, por iniciativa própria comprei um caderno de rascunho e preenchi cada linha com a seguinte anotação:

"Já sei por que os porquês são quatro. É porque a língua fica mais rica. Entendeu por quê?"

Teclados

Para as línguas que usam o alfabeto romano, o teclado dos computadores utiliza um princípio simples: cada tecla corresponde a uma letra. O problema começa quando você precisa escrever em outro idioma, pois cada país adota um tipo diferente de configuração de teclado.

O norte-americano você conhece, é básico. O inglês é uma língua primária que não tem acentos nem cedilha. Por isso a dificuldade que eles têm de falar o português, um idioma mais sofisticado, e de conjugar os nossos "4 mil verbos irregulares".[*]

O *español* usa um "til" esquisito em cima de uma consoante. O húngaro — "única língua no mundo que o Diabo respeita" — tem quatorze vogais e 27 consoantes. O catalão... Bem, só pra você ter uma ideia, meu irmão comprou um notebook em Barcelona e até hoje está procurando o acento circunflexo.

---

[*] Comentário da personagem de Audrey Hepburn no filme *Bonequinha de luxo*.

No teclado francês, não sei por que cargas-d'água, alguém alterou completamente a lógica — se é que existe — da posição das letras. Onde era Q, existe um A. Você procura o M e encontra a vírgula. Uma loucura.

O padrão de teclado QWERTY, cujo nome vem da sequência das letras da primeira linha de teclas, foi criado em 1868 por Christopher Scholes, com uma suposta lógica de disposição das letras que evitaria o travamento do mecanismo rudimentar das máquinas de escrever. Hoje em dia, isso não faz mais sentido, mas agora é tarde. Todo mundo já se acostumou.

Os franceses, que têm mania de fazer as coisas a seu modo, embaralharam tudo e criaram o teclado AZERTY. Por isso a confusão que eu estava contando. Para complicar ainda mais, dois malucos apareceram com o layout DVORAK, que não tem nada a ver com nada. Dizem que esse é o ideal, foi aprovado por ergonomistas, mas nem os caras que inventaram conseguem escrever com ele.

E então chegamos ao teclado japonês. A língua japonesa não é composta por palavras com letras e sim por um sem-número de ideogramas, pequenos traços que podem significar muita coisa. Por exemplo, "árvore frondosa sobre uma colina ensolarada". Com um rabisco qualquer, você escreve um poema.

Para fazer contato com essa outra civilização, o homem ocidental inventou um sistema que usa nossos símbolos, as letras, para reproduzir o som dos caracteres orientais. Ou seja, a gente lê através do sistema Hepburn o som que corresponde ao símbolo gráfico de um ideograma que quer dizer alguma coisa, tipo, sei lá, "árvore frondosa etc. etc.". Para dificultar ainda mais, eles têm três idiomas: Hiragana, Katakana e Kanji.

Esse, portanto, é o artifício usado pelo teclado japonês, já que eles não têm, como nós, um alfabeto com vinte e poucas letras.

Deu pra entender, ou quer que eu faça um desenho?

Um findi a fuzel

Assim, ó. Todo mundo tinha ido pra Atlântida e eu pensei: "Bem capaz que eu vou ir, isso não vai dar um quilo." Não sei a troco de quê, acabei fondo. Azar é do goleiro. Deu no rádio que o tempo ia abrir e entrei numas de pegar um sol e dar uma perneada. Pedi o carro pro pai, passei na lomba do Pinheiro pra pegar o Magrão e encarei a Freeway.

Cheguei lá, primeira coisa, botei um chinelo de dedo. Aí, peguei uma bici e fui no super comprar umas berga. Parei na sinaleira e vi que tinha uma galera tri massa na lancheria da esquina. Entrei, pedi um refri e fiquei ali de canto. Eram aquelas guria do Anchieta, que eu conheci no Parcão. E eu, loco de faceiro, pois tava lá aquela alemoa, com cara de colona, dando sopa. Pra tu vê que eu não sou chinelão, cheguei junto e mandei um texto tri profí. A alemoa se abriu pra mim: "Bah, tu é parceiro, dos meu, cara."

Mazáh! Te mete! Baita balaqueiro! Aproveitei que eu tava bem na foto e chamei ela pra dar uma volta de carro. Te liga, então. A guria tava tri a fim de ir pra Santa. Fui. Peguei a Brioi, que vai dar em Floripa, e acelerei. Pra tu ver como são as coisa. A família da mina tem uma baia dessas de veranear, na lagoa da Conceição. Pensei comigo: "Vai ser um findi a fuzel."

Aí a gente chegou e a guria pirou na batatinha, viajou na maionese. Entrou numa noia, tipo cheia de dedos. Não podia mexer em nada, nem fazer barulho, pra não sujar "com as véia aí do lado". Mó saco, cortou o barato. Na hora do vamo ver, não rolou. Sei lá, travei. Falei pra mina bem nessas: "Aí, não deu liga." Ela resmungou "tô de cara" e começou a chorar. Pegou uma garrafa de vodca e mamou no gargalo. Tomou um balaço. Chamou o Hugo, fez o maior porquinho. É brincadeira! Ainda bem que foi na patente. Pedi arrego. Fechei um chimas, botei um calção e fui pra sacada, lagartear. A mina chegou pro meu lado: "Aí, ó, baita sanduba que eu fiz pra ti, na responsa." Olhei de revesgueio. Era um cacetinho com umas gororoba dentro. Periga a mina nem lavou as mão. Dei um godô e fiquei pensando: "Bah, eu me meto em cada indiada."

Eu já tava ali há horas, louco pra picar a mula. Foi quando tocou o celular. Era a Li me chamando prum churras tri a fu no Campeche. Não falei nada pra não alertar os ganso. Mas a pinta se tocou e queria se escalar pra ir junto. Aí fechou o tempo. Montei num porco. "Tchê, qual é o teu pastel?"

Recolhi as tralha e me mandei. Deixei a mina lá. Deu pra mim.

Glossário de gauchês

Findi — fim de semana
A fuzel — variação de "a fu", ótimo, muito bom
Assim, ó — preste atenção

Bem capaz — de jeito nenhum

Vou ir — do verbo "ir ir", que quer dizer a mesma coisa que "ir"

Dar um quilo — dar certo

A troco de quê — por que razão

Acabei fondo — acabei indo

Azar é do goleiro — não quero nem saber

Deu no rádio — qualquer coisa que foi informada pelo rádio

Dar uma perneada — dar uma caminhada

O pai — o gaúcho fala de seu próprio pai como "o pai" e não
"o meu pai". O mesmo serve para "a mãe".

Lomba — ladeira

Freeway — estrada que liga Porto Alegre às praias do litoral

Chinelo de dedo — Havaianas

Bici — bicicleta

Super — supermercado

Berga — bergamota, que quer dizer tangerina, mexerica

Sinaleira — sinal, semáforo

Tri massa — muito bom

Lancheria — lanchonete

Refri — refrigerante

Ali de canto — quieto, meio de lado

Anchieta — tradicional colégio de Porto Alegre

Parcão — Parque Moinhos de Vento

Loco de faceiro — muito contente

Alemoa — loira

Colona — descendente de italianos

Chinelão — pessoa de baixo nível

Um texto tri profí — papo muito profissional, no sentido de
bem-apresentado

Se abriu pra mim — ficou encantada comigo

Bah — expressão de espanto, forma reduzida de "barbaridade"

Dos meu — da minha turma, da minha tribo

Mazáh (contração de mas + ah) — expressão de reconhecimento de um feito de grande valor, que pode ser da própria pessoa ou de outra

Te mete — expressão de orgulho próprio, de exibicionismo

Baita — muito grande, muito bom

Balaqueiro — contador de lorotas

Te liga, então — preste atenção

Tri a fim — muito a fim

Santa — Santa Catarina

Brioi — BR-101

Vai dar em — no Sul as estradas não levam ou chegam a algum lugar, elas "vão dar em"

Floripa — Florianópolis

Baia de veranear — casa de praia

Pirou na batatinha — enlouqueceu

Viajou na maionese — delirou

Nóia — paranoia

As véia aí do lado — qualquer tipo de pessoa pode ser "as véia"

Bem nessas — de maneira direta

Não deu liga — não deu certo

De cara — chocado

Balaço — pileque, fogo

Chamou o Hugo — vomitou

Fazer um porquinho — vomitar

É brincadeira — expressão de espanto

Patente — privada

Chimas — chimarrão

Calção — short

Sacada — varanda

Lagartear — tomar sol

Mina — garota

Sanduba — sanduíche

Na responsa — na responsabilidade, bem-feito

De revesgueio — meio atravessado

Cacetinho — pão francês

Gororoba — comida feita de objetos não identificados

Lavou as mão — em geral a concordância é assim mesmo, errada

Dar um godô — disfarçar

Indiada — "programa de índio", roubada

Há horas — há muito tempo, o que pode significar alguns minutos ou vários meses

Picar a mula — sair fora

Churras — churrasco

A fu — o mesmo que "a fuzel", ótimo, muito bom

Não alertar os ganso — não chamar a atenção

Pinta — pessoa, cara, figura

Se escalar — convidar a si mesmo

Fechou o tempo — baixou o astral

Montar num porco — ficar transtornado

Qual é o teu pastel? — qual é a tua?

Deu pra mim — pra mim, chega

Esportes

Jogos Olímpicos

Nunca participei de uma Olimpíada. Culpa da minha professora de piano, que, quando eu era garoto, me proibiu a prática de "esportes primitivos" como basquete, vôlei e futebol. Não aguentei aquele regime de clausura, dei um cartão vermelho pra ela e fui à luta. No sentido figurado, já que eu não tinha estrutura física para o judô, o boxe ou o tae kwon do.

Comecei praticando pingue-pongue, hoje conhecido como tênis de mesa. Infelizmente, peguei um chinês pela frente e fiquei humilhado. Tentei a corrida de obstáculos, mas tropecei. Na ginástica acrobática, torci o pescoço. Experimentei o salto com vara e quebrei um braço. Para patinação eu não tinha equilíbrio. Para equitação, não tinha cavalo.

Fui parar na piscina. Foi um fiasco. Era inverno e não havia piscina térmica. Fiquei congelado, o que paralisou a maioria dos meus neurônios. Segundo exames recentes, continuam inativos. Mesmo lesionado, tentei o salto de trampolim. No primeiro mergulho de cabeça, sofri uma concussão cerebral que terminou por liquidar os poucos neurônios que haviam sobrado. Só dois ficaram funcionando, em modo emergencial: o Laurel e o Hardy. Foi mais ou menos nessa época que me inscreveram no conservatório, pois começava a dar mostras de que não levava jeito para o esporte.

Apesar do descrédito de todos, continuei insistindo. Desiludido com a natação, que além da função cerebral havia aniquilado com a minha reputação, resolvi tentar tiro ao alvo e arco e flecha. Quase fui linchado por colocar em risco a vida das pessoas. Eu havia perdido a concentração, uma das sequelas da experiência aquática. Fiz um teste para o levantamento de peso e fiquei abaixo do índice feminino. O professor musculoso ficou rindo da minha cara. Tem gente que não tem psicologia mesmo. Um adolescente precisa de apoio, senão periga seguir pelo "mau caminho". Foi o que aconteceu. Comprei um baralho, enfiei a cara no jogo de pôquer e não parei mais. Experimentei sinuca, totó, dados, dominó e todo tipo de jogos de azar e tabuleiro: víspora, damas... Fui parar no xadrez. No jogo, não na prisão. Como dizia Millôr Fernandes, parafraseando Bernard Shaw: "Jogar xadrez desenvolve muito a capacidade de jogar xadrez." Eu estava perdido.

Quando chegou o Natal, pedi uma bola de futebol e me deram um violão. O técnico do time da escola me incentivou dizendo que eu tinha um dom. Para a música.

Foi aí que eu me dei conta de que o violão chamava a atenção das garotas. Chutei o balde e me dediquei como um atleta ao estudo do instrumento. Cheguei a ganhar disco de ouro. É o meu consolo. Disco de ouro é quase como uma medalha. Só não dá pra pendurar no pescoço.

Academia de ginástica

Sou um atleta frustrado. Culpa daquela professora de piano que me deixou traumatizado com seus conceitos radicais a respeito de "esportes primitivos". Pela vida afora, tenho usado esse episódio como desculpa pela minha preguiça para atividades físicas.

Há pouco tempo, por orientação do meu clínico geral, me inscrevi numa academia de ginástica. Academia de ginástica, hoje em dia, é um luxo tão grande que eu tive que começar a trabalhar em dobro só pra poder pagar a mensalidade. Ao chegar para a primeira aula, me entusiasmei ao ver tanta gente bonita e saudável. Achei que o sacrifício valeria a pena.

Passei por uma avaliação e o professor me cumprimentou: "Parabéns! Você tem índice de gordura igual ao do Michael Jordan: zero." Quando fui começar a festejar, ele me interrompeu: "Em compensação, tem índice muscular igual ao do Michael Jackson."

São coisas como essa que desestimulam a gente. Às vezes, uma piadinha qualquer pode jogar um sujeito no chão. Eu sei que não era para tanto, foi apenas uma brincadeira, mas naquela noite não consegui dormir.

Quando voltei pra casa, ainda humilhado, estava passando na TV um documentário que mostrava a cerimônia de encerramento de uma Olimpíada. Fiquei imaginando onde eu poderia me encaixar naquela festa e o único lugar que encontrei foi uma fantasia de *mariachi*. Troquei de canal pra tentar esquecer o mundo dos esportes e apareceu um videoclipe do Michael Jackson, um sujeito que nunca participou de uma competição esportiva por falta de índice. Índice muscular. Lembrei da cara do professor rindo de mim e perdi o sono. Tive que tomar um comprimido, eu precisava dormir. No dia seguinte, cedo, tinha academia.

Pra ser sincero, não consigo entender por que é preciso pagar para puxar ferros, correr numa esteira rolante e pedalar numa bicicleta que não sai do lugar. E ainda tem gente que gosta disso. Não vou para uma academia de ginástica por prazer, cumpro a missão como se fosse uma penitência. Em troca, espero ganhar um pouco de saúde. E aumentar minha massa muscular, pra não ter que ficar ouvindo piadinhas.

Meu consolo é que meu filho é um ótimo jogador de futebol. Comentei com a professora de *spinning* e ela disse que o garoto deve ter puxado à mãe. Engraçadinha! Pura maldade. Estou começando a ficar cansado dessa gente. Acho que vou trocar de academia.

Vou tentar a Academia de Letras.

Em busca do tênis perfeito

Uma das coisas que mais me impressionam nos tempos atuais é a quantidade de modelos diferentes de tênis que existe. Sou daqueles que ficam espantados na frente das vitrines de lojas esportivas, admirando os calçados. É um símbolo indiscutível de como o mundo avança a passos largos.

Depois de muita insistência do meu médico de que eu deveria fazer exercícios físicos, resolvi começar a caminhar. Mas hoje em dia, para caminhar é preciso ter o calçado adequado. Não dá pra sair por aí arrastando os chinelos. Fui obrigado a entrar numa dessas lojas de shopping para comprar um par de tênis e o rapaz que me atendeu me deixou atordoado com tanta explicação.

Fiquei sabendo, por exemplo, que alguns tênis vêm com gel. Pensei que gel era pra usar no cabelo. Outros têm amortecedores. Perguntei se precisava fazer revisão a cada 10 mil quilômetros, mas o rapaz não entendeu a piada.

Nossa conversa estava evoluindo, entre pares de marcas variadas, e já divagávamos a respeito de estabilidade, amortecimento, *grip* e entressola, quando o rapaz me perguntou qual era o meu tipo de pisada.

— Como assim, pisada?

— Pisada, como seu pé pisa no chão.

Foi então que descobri que existem três maneiras diferentes de o pé tocar o solo: pronação, supinação e neutra. Achei o máximo do requinte da biomecânica saberem se um pé pisa mais pra dentro ou mais pra fora. Se o impulso é com o dedão ou com a planta. Fiquei até envergonhado, mas tive que admitir que não tenho a menor ideia de como meu pé funciona. O rapaz sorriu para o colega e imaginei o que estaria pensando: "Se um cara não consegue dominar o próprio pé, como vai controlar a sua vida?"

E, com um sorriso ainda mais vaidoso, falou pra eu não me preocupar, pois a loja tinha um *footscan*, um sensor que analisa a pisada do indivíduo. Me colocaram para fazer o teste e o resultado gerou dúvidas. Chamaram o gerente, ligaram para o suporte técnico e, por fim, constrangidos, me revelaram que sou "pronador" no pé direito e "supinador" no esquerdo. Um fenômeno. No sentido depreciativo do termo.

A sugestão da equipe de "especialistas" que havia se formado a minha volta era de que eu deveria comprar dois pares de tênis diferentes e usar um pé de cada. Ou seja, eu teria que gastar o dobro e ainda andar pela rua feito um palhaço, com um tênis de cada cor. Esses caras inventam qualquer coisa pra tirar dinheiro da gente.

Desisti de caminhar. Vou fazer natação, que é de pé descalço.

Futebol de campanha

Eu estava lá no Laranjal sem nada pra fazer e apareceu o Toco dizendo que ia ter uma costelada em Dom Pedrito, na estância de um primo dele. Juntamos a turma, lotamos a Rural Willis do Joca e pegamos estrada.

Já na chegada, nos olharam meio atravessado. É claro, se alguém chega sozinho num churrasco sem ser convidado, tudo bem, sempre dão um jeito. Mas levar mais seis amigos é um exagero. Além disso, no interior ninguém gosta quando vem gente de fora, porque as gurias ficam ouriçadas.

Pra quebrar o clima pesado, Toco sugeriu pro primo que se organizasse um jogo de futebol. Os de casa contra os forasteiros, no caso, nós. Futebol de campanha é um jogo pra macho. Só quem já viu pra entender. Não tem muita regra. Com camisa pra lá, sem camisa pra cá e, do pescoço pra baixo, é canela.

Pra quem não é gaúcho, eu preciso explicar que campanha é aquela região do Rio Grande onde o trabalho duro e cotidiano com a agropecuária vai tornando os homens um pouco mais embrutecidos. Resumindo, é terra de grosso.

O campinho ao lado da estância era todo esburacado e cheio de bosta de vaca. Ficava numa várzea que tinha sido plantação de arroz e depois virou um clube que, além do "estádio", tinha cancha de bocha e um bolicho pra vender cachaça.

Jogaram uma moeda pra cima e começou o entrevero.

Na falta de uma estrutura de equipe e alguma tática de jogo, combinei com os companheiros que eu seria o ponto de referência. Era só jogar a bola pra mim que o resto eu resolvia.

Corri pro meio da área adversária e fiquei na banheira, esperando um lançamento. Não sei como, de repente a bola sobrou. Matei a redonda no peito e o zagueiro veio na minha direção. Era um alemão de dois metros de altura, com cara de quem tomou chá de losna sem açúcar. Uma jamanta. O índio jogava de bota, bombacha e espora chilena. E eu ali, de pé descalço. Tentei reclamar com o juiz, mas Sua Excelência estava totalmente borracho, com o apito numa mão e uma garrafa de canha na outra. Já estava naquele ponto em que dava um gole no apito e assoprava o gargalo.

Pois bem, matei a bola no peito e o animal se veio. Dei um toquinho de calcanhar e o balão de couro descreveu uma circunferência no ar, por cima daquele caminhão de carne com osso e espora chilena. Quando o taura tentou frear, escorregou no barro, levantou as patas em direção ao céu, deu um duplo *twist* carpado e caiu de bunda no lamaçal.

A torcida veio abaixo, às gargalhadas. Desloquei o goleiro com uma firula e joguei a bola no fundo das redes. Ato contínuo, corri pra galera e dediquei aquela obra-prima pra uma loira assanhada que estava sentada na primeira fila da arquibancada.

Nesse meio-tempo o alemão já havia se levantado e veio bufando pra cima de mim. O tempo fechou. O pau comeu. O que era pra ser um jogo de futebol virou espetáculo de luta livre. Com camisa versus sem camisa.

Nunca mais pude voltar a Dom Pedrito. Juro que não foi deboche. Como é que eu ia saber que a loira era noiva do zagueiro?

Floresta Futebol Clube

No início de sua carreira, Sócrates foi convidado a participar de um programa de televisão. O apresentador começou a entrevista perguntando de onde ele era e, ao responder que era de Belém, ouviu estarrecido: "Mas você é da capital, Natal, ou é do interior?"

Não estou falando do filósofo, que nunca deu entrevista para a TV, estou falando do Dr. Sócrates, um dos maiores jogadores de futebol de todos os tempos. Nos dois sentidos, já que tinha 1,91 metro de altura.

Certa vez estávamos no Bar do Val, em Ribeirão Preto, e Magrão, como era chamado pelos amigos, contava histórias como essa da televisão. Em determinado momento citou Confúcio. Aí, com perdão pelo trocadilho, eu fiquei confuso. A cena era inusitada: o único Sócrates que leu Platão, citando Confúcio. E, pra complicar ainda mais, um Sócrates que era irmão de Sóstenes, Sófocles e... Raí (que quase foi batizado de Xenofonte). Falávamos de futebol e já não lembro mais como fomos parar em filosofia. Magrão era uma figura única, bom papo e bom amigo. Ele mesmo debochava de seu prestígio, relembrando comentários: "Como é que pode um cara que chuta pra trás fazer tanto sucesso no futebol?"

Calcanhar iluminado, Sócrates faz parte daquele grupo seleto que deu grandeza ao futebol e elevou o esporte bretão à categoria de arte. Foi líder da Democracia Corintiana, um revolucionário conceito de gestão de clube de futebol através do voto, que escancarou em plena ditadura militar o sentimento que tomava conta de todos os segmentos do país.

Uma outra vez, em Curitiba, participei de um evento sobre futebol, onde fiz o papel de mediador de uma conversa com o Sócrates. Mais do que conduzir um bate-papo com o ídolo para uma plateia lotada, minha emoção maior foi entrar em campo no jogo festivo que se seguiu.

Não joguei nada, prejudicado pelo frio paranaense e pelos adversários que insistiam em roubar a bola dos meus pés. Não importa, foi uma noite inesquecível, joguei com o Sócrates. Um dia vou poder contar para os meus netos. No final, trocamos camisas, com direito a autógrafo, para provar que não estou mentindo.

Magrão, com seu jeito bem-humorado, comentou que foi um jogo ecológico, parecia uma floresta: eu plantado lá na frente, ele lá atrás. Um coqueiro e uma sequoia. Eu só me mexia quando batia o vento. Demos ao time o apelido de Floresta Futebol Clube e, é claro, perdemos. Tudo bem, não era campeonato. O problema é que agora, com a saída do Magrão, o time ficou desfalcado. E não tem ninguém no banco que possa substituir.

Bichos estranhos

Quanto vale uma vaca?

Li no jornal uma matéria dizendo que o empresário Olavo Monteiro de Carvalho vendeu, em leilão, uma vaca por 2,5 milhões de reais. A vaca chama-se Essência Santarém e, detalhe interessante, doutor Olavo vendeu apenas 75% da vaca. Não entendi se ele cortou a pobre coitada e ficou com um pedaço ou se arranjou um sócio para participar do negócio. Espero que a opção tenha sido essa. Eu não entendo nada de *agrobusiness*, mas uma vaca desse valor não deve ser pra fazer churrasco. Se for, vão comer a Essência como se fosse um caviar especial, com colherinha pequena.

Fiquei pensando... se uma vaca vale tudo isso, quanto deve valer um ser humano? Aproveitei um jantar em família e perguntei qual seria o meu valor em um leilão. Minha filha deu um lance de duzentos reais e o moleque subiu para 220. Minha mulher estalou a língua, deu de ombros e mudou de assunto. Continuei sem saber quanto eu valho.

Resolvi pesquisar sobre o assunto na internet e descobri que existe um mercado de gado de elite. Tipo assim, uma aristocracia bovina, uma divisão de classes, como fazem com a gente. A nobreza pra lá e nós, o zé-povinho, pra cá. Vasculhei um pouco mais e levantei que, no mercado dos simples mortais, que inclui açougues e supermercados, uma vaca de corte custa em torno de seiscentos reais. Faz mais sentido, é três vezes o que ofereceram por mim.

No tal mercado de gado de elite existem algumas celebridades como Dona Elegance, que é considerada a segunda vaca mais cara da História. Deve estar valendo uns 5 milhões de reais. A número um é cercada de mistérios. Provavelmente não quer ver seu nome nas revistas de fofocas. Sabe-se apenas que é uma "fêmea da raça Nelore". Deve valer o preço de uma fazenda inteira. Ou várias fazendas. Uma coleção de Ferraris. Acontece que Ferrari não dá cria, esse é o pulo do gato. Ou melhor, o pulo da vaca. O que valoriza um animal é a genética, a sua capacidade de reprodução.

Peraí... Se a questão é saber fazer filhos, tenho dois espécimes aqui em casa, da melhor qualidade. É só eu começar a exibir como amostra e pronto, meu valor de mercado vai disparar. Já imaginou?

Entusiasmado com essa possibilidade, resolvi entrar no negócio e me oferecer em leilão. Lance mínimo: 240 reais.

Quem dá mais?

Bichos estranhos

Um dos bichos mais estranhos do nosso planeta é a foca. Parece uma lesma gigante com focinho. E bigode. Pior do que ela só seu primo, o leão-marinho, que de leão só tem o nome.

O mais desengonçado é o camelo. Não é que seja feio, é engraçado. Caminha feito um boneco de mola malmontado e o tempo todo dá a impressão de que vai se desconjuntar.

O ornitorrinco é hors-concours: uma lontra com bico de pato. Contrariando todas as leis da natureza, é como se um mamífero peludo tivesse cruzado com um marreco. Ou vice-versa.

O porco-espinho é uma mistura de animal com cáctus. Chega a dar nervoso. Não sei como o coitado arranja namorada. Cada vez que minha mulher reclama que estou com a barba por fazer, lembro dele e penso: "Ela devia agradecer a Deus o marido que tem."

Existe a categoria dos bichos nojentos: a minhoca, o caramujo e a já citada lesma. São gosmentos, tipo umas melecas com vida.

A lagartixa é transparente, não precisa gastar dinheiro com raio X quando tem que fazer chapa do pulmão. Se é que lagartixa tem pulmão.

Bicho chato, além do próprio que dá nome ao grupo, tem um monte. Mosquitos, moscas, baratas, marimbondos...

E tem aqueles que dão medo, são cruéis, predadores, deixam a gente com os cabelos arrepiados. É o caso da traça e do cupim.

Na categoria peso pesado, o elefante é considerado uma coisa fofa, por isso seu histórico de sucessos como artista de circo. O rinoceronte é uma mistura de animal com pedaço de rocha. O hipopótamo é uma baleia com patas e, sinceramente, não sei como consegue procriar.

O jacaré é um mistério da natureza. É exatamente igual desde que inventaram o mundo. Contrariando a teoria de Darwin, não evolui e não desaparece. Acho que o segredo é a boca grande. O que talvez também explique a permanência da atriz Julia Roberts no topo da indústria cinematográfica, em Hollywood.

O cavalo-marinho, segundo ouvi dizer, teria sido uma desastrada experiência de laboratório que tentou cruzar um equino com uma pontuação gramatical, no caso, a vírgula. Não deu certo.

Nossa fauna tem muitos animais bonitos, mas tem uns tão espantosamente esquisitos que chegam a provocar reclamações, como a daquele menino que escreveu uma carta ao Senhor: "Querido Jesus, a girafa você queria assim mesmo ou foi um acidente?"

Ao fim e ao cabo, depois de estudar exaustivamente os principais ramos da zoologia, cheguei à conclusão de que o animal mais estranho de todos é o homem, um bicho que usa sapatos.

O bicho-homem

O homem, único animal que usa sapatos, é o bicho mais estranho do mundo. No início, ele era um quadrúpede que gostava de se exibir, equilibrado nas patas de trás. Como a brincadeira fez sucesso, continuou fazendo arte e não parou mais.

Não satisfeito com tudo o que Deus lhe deu, resolveu que queria andar mais rápido que todos. Inventou a roda e criou máquinas que aceleravam o processo de deslocamento de um lugar a outro, o que bagunçou sua experiência natural de relação espaço-tempo. Ambicioso, quis nadar como os peixes e fez o navio, quis voar como os pássaros e inventou o avião. Tudo isso foi transformando o ser humano em um bicho esquisito, com problemas psicológicos, dificuldade de adaptação, angústia e depressão. Para resolver os problemas que foram surgindo através dos tempos, foi criada a indústria farmacêutica.

Quando, mais do que o leão, começou a se sentir um rei, achou que seria justo escravizar os outros animais. Botou uns para trabalhar puxando arados e charretes, selecionou outros como bichinhos de estimação e, alterando a cadeia alimentar, decidiu que alguns coitados iriam servir de alimento.

Como já não caça para se alimentar, não corre pelas savanas e nem sobe mais em árvores, o ser humano começou a apresentar atrofia muscular. Aí criou academias de ginástica, onde gasta horas e horas fazendo exercícios físicos para compensar a ociosidade gerada pelas máquinas que ele mesmo inventou.

O grande poder do homem não vem de sua inteligência, mas sim do polegar opositor, que lhe dá uma incrível habilidade manual. O dedão é que faz toda a diferença. Com essa capacidade de manusear as coisas com delicadeza, construiu aparelhos refinados como computadores, guitarras elétricas e armas de fogo. A partir daí, criou um mundo singular, de extraordinário avanço tecnológico e inacreditável atraso moral.

O homem queima as florestas e o petróleo de forma tão desordenada que o planeta inteiro está aquecendo e em breve deve entrar em colapso. É um animal suicida. Sabe que está errado e continua fazendo besteira. Como sempre fez, com as coisas que bota pra dentro do seu corpo. Ao contrário dos outros animais, come, bebe e fuma coisas que fazem mal para a saúde. Depois toma remédios pra tentar aliviar o estrago.

O homem suja o ar de que precisa para respirar. É o único animal que faz xixi no rio de onde retira água para beber. Você pode pensar que isso é coisa de gente porca, mas é pior, é coisa de gente burra.

O homem é realmente um bicho muito estranho.

Homem de laboratório

Estou vivendo uma fase mais científica. Tento descobrir, através da biotecnologia, como as alterações genéticas podem ajudar na evolução das espécies.

O homem já evoluiu bastante desde o tempo em que desenhava bisontes nas cavernas, mas algumas coisas podem ser melhoradas. A primeira atitude que eu tomaria seria raspar o cabelo de todo mundo. Cabelo é apenas um adereço, um elemento de decoração. Dá trabalho e despesa. Em especial, o das mulheres.

Orelhas. É estranho que a concha auricular seja virada pra frente, já que há sons vindos de toda parte. Precisamos de um aparelho auditivo multidirecional para podermos apreciar o mundo em 5.1. Uma solução prática seria cortar fora cada orelha e deixar apenas o furinho do ouvido.

Dizem que o homem tem duas orelhas e uma só boca para ouvir mais e falar menos. Infelizmente tal sabedoria não é levada a sério. Acredito que seja porque a boca é uma abertura exagerada, difícil de controlar.

O jeito é diminuir o tamanho, usando como padrão a largura de um garfo. É o suficiente.

O nariz está sobrando. Aquela protuberância só atrapalha na hora de beijar. Vamos eliminar e manter o que interessa: as duas entradas de ar. Nossos olhos são muito pequenos, isso sem falar dos orientais. Sugiro aumentar o globo ocular e a capacidade de resolução em pixels.

O cérebro, com certeza, precisa crescer. Como só se consegue usar 10% mesmo, a ideia é: maior massa encefálica, maior participação em número de neurônios que trabalham. Para isso, vamos precisar de uma cabeça maior.

Com essas primeiras alterações, o homem vai ficar parecendo um ET. Careca, *zolhudo*, cabeção... Tudo bem, perdemos em beleza, mas ganhamos em funcionalidade. E, mais inteligentes, vamos conseguir resolver problemas como o aquecimento global e a corrupção.

Várias partes do corpo humano são uma incógnita para mim. Por exemplo, a vesícula biliar, o apêndice e aquela quantidade absurda de intestino delgado. Pra que tanta tripa?

Pra que servem as unhas? Os artelhos? Os pelos pubianos? Por que dois pulmões se o ar entra por uma traqueia? São coisas que um ignorante como eu não consegue entender.

Mas a questão central, a dúvida que angustia e persegue todo ser humano através dos séculos, continua sendo a mesma: por que, meu Deus, por que o homem tem tantos dedos e só um órgão sexual?

Galinha viva

Tem muita gente que nunca viu uma galinha viva. Vou explicar. Galinha é uma espécie de passarinho grande que não consegue voar porque é muito gordo. Aquele frango assado que vem douradinho, com as perninhas pra cima, um dia foi uma galinha cheia de penas, ciscando pelo pátio. Bem, isso no meu tempo de guri. Hoje em dia elas são criadas em gaiolas e depois oferecidas em espetos giratórios, na vitrine da padaria.

Antigamente, comprava-se galinha viva. Na feira. Nós, as crianças, ajudávamos a escolher a mais bonita: branca, marrom, preta com a crista vermelha. Eram lindas. Dentro da beleza possível a um passarinho gordo. O vendedor amarrava as patas da ave escolhida e cortava as asas pra ela não fugir. Como se fosse possível. Então a gente carregava a coitada, pendurada de cabeça pra baixo, se debatendo e tentando voar com todo o seu excesso de peso e aquelas meias-asas.

Lá em casa, só se comia galinha naqueles domingos em que meu pai resolvia não fazer churrasco. Ou seja, só de vez em quando. O detalhe é que na hora de comer alguém tinha que matar a galinha. Sim, não era como esses frangos assados que já vêm prontos e muita gente se ilude com a ideia de que ninguém matou o bichinho. "Ele já veio morto." "Não é um animal, é apenas comida."

Para nós, as crianças, aquilo que faziam com as galinhas era muito claro: um assassinato. Afinal, nossas amigas penosas eram até batizadas com nomes como Marizilda, Garnizélia, Gorduchinha.

Meu pai era um verdugo com técnica perfeita. Em pouco tempo a condenada partia pra outra melhor. No caso, a panela. Depois de passar pelo carrasco, o "alimento" era encaminhado para a cozinheira — uma mulher má e insensível —, que jogava água fervendo na Marizil..., quer dizer, na galinha e arrancava as penas até ela ficar pelada. O que restava, depois de limpo, temperado e levado ao forno, era o que se convencionou chamar de comida.

Certa vez meu pai viajou e a "missão degola" sobrou pra mim e meu irmão. O único bicho que eu havia matado na vida era um mosquito. E, mesmo assim, em legítima defesa. Tentamos imitar o ritual de nosso pai, mas a galinha continuou em pé. Saiu cacarejando, como se estivesse rindo da nossa cara. Aí eu peguei as pernas, meu irmão puxou a cabeça e a teimosa insistia em não morrer. Desesperado, agarrei o bicho pelo pescoço e comecei a girar, como uma boleadeira. E então, contra todas as previsões aerodinâmicas, quase num passe de mágica, aquela ave gorda e desajeitada finalmente saiu voando. Por cima do muro. Mas a cabeça, infelizmente, ficou na minha mão.

Foi aí que começou o meu processo de consciência e me tornei vegetariano.

Em família

Como fazer uma pipa

Se o seu filho ler *O caçador de pipas* e perguntar se você sabe fazer um negócio daqueles, diga que sim. Um pai nunca deve decepcionar um filho. A coisa é muito simples. Pegue uma folha de papel celofane... Ou será papel de seda? Tanto faz, o importante é que seja um papel bem colorido.

Pra fazer a armação você precisa de um pedaço de bambu. O quê? Não existe mais bambu? Como assim? No Japão, eu sei que tem. Faça o seguinte, convide sua mulher pra jantar num restaurante japonês. Assim que o garçom vier com o cardápio, pergunte onde fica o jardim zen. Deixe sua mulher escolhendo o sushi-sashimi, vá até o jardim, passe a mão no bambuzal do japa e saia correndo porta afora. A sua mulher? Ela que se vire. Você tem uma missão a cumprir, não tem tempo pra se preocupar com isso.

Chegando em casa, pegue uma faca na cozinha e corte os bambus no sentido longitudinal, para fazer varetas. Com duas dessas varetas, você forma uma cruz que servirá de base para a pipa. Aí você vai precisar de um rolo de barbante para amarrar a estrutura. Vá até o armazém da esquina... o quê? Não tem mais armazém na esquina? Pelo amor de Deus... então vá até o shopping, correndo. Aproveite e compre um vidro de goma-arábica. Vai me dizer que você não sabe o que é goma-arábica? Pergunte no balcão de informações... Não, não vai dar certo. Se a guria do atendimento tiver menos de 50 anos, vai pensar que é um doce e indicar o restaurante árabe. Esqueça, compre um tubo de cola qualquer. Só não use aquela supercola instantânea, senão você vai ficar com os dedos grudados na pipa pro resto da vida.

Voltando pra casa, você vai precisar de pano pra rabiola. Depois eu explico o que é. Abra o armário da sua mulher, pegue uns três vestidos e corte umas tiras de tecido. Dê um nó na ponta das tiras, ligando uma na outra, de maneira a formar uma longa cauda. Bem colorida, pra fazer bonito no céu.

Caso você chegue a esse estágio sem ter conseguido avançar muito, com os dedos grudados de cola e com a paciência esgotada, faça o seguinte. Entre na internet, procure uma loja que venda pipa pronta e encomende. Em poucos dias chega na sua casa uma dessas modernas, em forma de águia, com tecido impermeável e varetas de plástico. Uma maravilha da tecnologia que você vai poder dar de presente pro seu filho e mandar ele parar de incomodar.

Agora, se o guri continuar pegando no seu pé, dê um PlayStation pra ele.

Ombrelone

Minha família entrou em crise no Natal passado. Somos seis irmãos e resolvemos dar, em conjunto, um presente para nossa mãe. Entre as várias sugestões, alguém apareceu com a ideia de uma mesa de jardim, coberta por um "ombrelone". Aí começou a confusão.

"Ombrelone" é um tipo de guarda-sol e a palavra está na moda no linguajar de decoradores e arquitetos. Imagino que venha do latim, língua *mater* da civilização latino-americana, que tem sido sistematicamente atropelada pelo idioma de Shakespeare. Talvez por isso alguém tenha comentado que a palavra seria um anglicismo, uma corruptela de *umbrella*. Não se sabe se a afirmação tinha um fundo de verdade ou era apenas para tumultuar a conversa. Como tenho uma cunhada que é professora de linguística, com mestrado, doutorado e outros títulos, o debate cresceu em volume e temperatura. Ajudado pelas garrafas de cerveja.

Só pra botar mais lenha na fogueira, levantei a hipótese de que *ombrela*, na língua de Federico Fellini, quer dizer "ombro". Eu não entendo nada de italiano, tudo o que sei é o refrão da música *Dio Come ti Amo*. Eu só estava ali a fim de me divertir um pouco. Continuei falando e lembrei que *"one"* é o nome que se dá, em inglês, para o primeiro dos números arábicos. E acrescentei, a título de ilustração, que os árabes invadiram a Península Ibérica e Foz do Iguaçu. O resultado final do meu raciocínio foi então: "Ombrelone, homem de um ombro só." Quase fui linchado.

Alguém tentou botar ordem na bagunça e estabeleceu uma mesa-redonda para um debate mais aprofundado. Concordei com a proposta, desde que a mesa tivesse um "ombrelone" jogando sombra sobre as cabeças, não sobre as ideias. E fui além, sugeri que a mesa fosse presidida por minha irmã psiquiatra, que além de suas capacidades intelectuais é pessoa experimentada no assunto, já que é a feliz proprietária de um "ombrelone" com vista para o rio Guaíba. Abriu-se então uma discussão sobre em que posição deve sentar um presidente em uma mesa-redonda, já que não tem cabeceira. Aproveitei para dizer que não posso garantir que o Guaíba seja um rio, pois há controvérsias. E também não saberia afirmar se Iguaçu é com dois esses ou com cê-cedilha.

Voaram cadeiras. No meio da confusão, chegou uma das crianças e perguntou: "Por que não param de brigar e compram um forno de micro-ondas pra vó?"

Gancho pra rede

Minha mulher resolveu pendurar uma rede na varanda. A rede já havia sido comprada há tempos, numa viagem a Fortaleza, se não me engano. Era uma dessas redes de cor natural, cheia de rendas, bem bonita. O problema era como pendurar, já que a varanda não estava preparada para isso.

É nessas horas que as mulheres lembram que têm marido. Olhou pra mim com aquela cara de gatinha manhosa e, como costuma acontecer, me sensibilizei e assumi a tarefa.

Liguei pra loja e perguntei pra moça que me atendeu se tinha "gancho pra rede". Ela respondeu "um momento". Depois de um tempo, voltou ao telefone e me perguntou: "A sua rede é a cabo ou *wireless*?"

Respirei fundo. "Minha querida, estou falando de rede nordestina, de deitar na varanda, botar os pés pra cima..." "Um momento." Depois de mais um tempo, voltou: "Senhor, obrigada por aguardar. O sistema disponibiliza vários modelos de rede, mas não aparece nenhuma nordestina."

Respirei ainda mais fundo e fiz uma pausa para bufar. "Minha filha, nordestina é a maneira de dizer. Tô tentando explicar que o que eu quero é um gancho, um gancho para pendurar minha rede na varanda..." "Um momento." Vinte minutos depois: "Senhor, obrigada por aguardar. O sistema está informando que sim, sua rede pode funcionar pendurada sem nenhum tipo de inconveniente, até mesmo na varanda, desde que o senhor adquira um acessório adequado para o seu modelo. Eu vou estar lhe transferindo para o meu colega do setor, que vai poder estar lhe ajudando. Não desligue, fique na linha enquanto faço a transferência."

Depois de alguns minutos escutando uma musiquinha eletrônica chata em *loop* mal-editado: "Boa tarde, meu nome é Paulo Sergio. Com quem estou falando?" "Boa tarde, Paulo Sergio. Você está falando com um sujeito que quer pendurar uma rede na varanda." "Sim, em que posso lhe ajudar?" Resolvi fazer uma piada. "Já que você quer me ajudar, você tem uma furadeira por aí?" "Um momento... sim, o sistema disponibiliza vários tipos de furadeiras. Você quer furadeira de impacto ou comum?"

Já sem paciência, perdi a educação. "De impacto, Paulo Sergio, de muito impacto, pra ligar na tomada e abrir um buraco na cabeça de alguém..." "Desculpe, senhor, eu não estou entendendo." "Ô Paulo Sergio, faz o seguinte, esquece a rede. Me diz uma coisa: vocês vendem aí cadeira de balanço, dessas de botar na varanda?"

Não matarás

Desde criança tenho tentado seguir à risca os dez mandamentos que me foram ensinados pela Igreja Católica, entre eles o que diz que não se deve matar. Como a Bíblia não entra em maiores detalhes, sempre acreditei que essa prática não deve se limitar aos seres humanos e é extensiva a todo tipo de animal. Aliás, esse é um dos motivos de eu ter me tornado vegetariano. O amor e o respeito que eu tenho pelos animais não me permitem nem mesmo a terceirização, que disfarça a culpa: pagar alguém pra matar por mim.

Minha filha me contou que uma grife lançou uma echarpe com pele de raposa e foi soterrada por manifestações contrárias. Se eu já acho um crime matar para comer, imagine para usar de enfeite, de adereço enrolado no pescoço. Eu pensei que esse tipo de coisa não existisse mais, que já estava combinado que é incorreto.

"Matar ou não matar animais, eis a questão", diria algum personagem de Shakespeare, se ele tivesse escrito sobre o assunto. O que eu posso comentar é que, como tudo na vida, isso também tem limite. O mosquito, por exemplo. Já assassinei vários, mas tenho a desculpa de que foi sempre em legítima defesa. Era ele ou eu.

As traças também. Aqui em casa são tratadas com a lei da selva. É guerra! Quando encontro alguma pendurada num casaco, torço o pescoço sem piedade. Tanta crueldade eu só uso nesses casos, quando sou atacado. O que, pelo menos para minha consciência, serve de consolo.

Com bichos inofensivos eu convivo sem estresse. Sempre que encontro uma lagarta caminhando pela casa, recolho e levo para o jardim. Mesmo sabendo que ela vai comer as plantinhas da patroa. Acontece que a coitada também precisa se alimentar, é a lei da vida, é o movimento da cadeia alimentar.

Procuro evitar matar os bichinhos que não estão me atacando. Até mesmo uma barata. Sim, eu sei que é um bicho nojento, mas eu olho pra ela sempre com admiração por esse maravilhoso mistério chamado "vida". Se encontro uma barata, desvio e sigo meu caminho.

Às vezes, tem momentos em que nossos princípios morais vão pro espaço. Outro dia, minha mulher saiu gritando enlouquecida porque havia uma barata na cozinha. Assumi o controle da situação e tentei uma conversa com a intrusa. Sugeri que se retirasse, mas ela não me deu ouvidos. Tive que pegar um chinelo e liquidar o assunto. É melhor conviver com a culpa do assassinato de um inseto do que ter que aguentar uma italiana descontrolada, aos berros pela casa, cujas consequências podem ser imprevisíveis.

Dia dos Pais

Um pai é quase uma mãe. Por mais desprestigiado que seja no ambiente familiar, ele tem a sua importância. Certo, não carregou o filho na barriga, não deu de mamar etc., mas também não é um qualquer. Quando precisaram dele, foi o cara certo, na hora certa. Portanto, merece um dia de celebração.

O Dia dos Pais é um dos raros momentos em que os filhos lembram que o pai existe e não serve apenas como caixa eletrônico. "Você aperta aqui e ali e ele acaba entregando dinheiro."

Alguns anos atrás, fomos viajar em família. Estávamos no mês de agosto e ficaram tentando me enrolar com o argumento de que o Dia dos Pais nos Estados Unidos cai em junho. "Tô nem aí", respondi, "quero meus presentes." E presente tem que vir em pacote. Não aceito explicações do tipo: "A viagem já é um presente." E nem cartão Hallmark, com coraçãozinho em *pop-up* e uma frase bonita. Eu quero pacote, alguma coisa embrulhada.

Houve até uma tentativa de suborno, com a ideia de um vale-presente, sem limite, a ser recebido no Brasil, quando voltássemos. Não quis nem saber. Fiz questão de pacote no dia.

Como eles notaram que eu estava intransigente, resolveram ir às compras. No domingo fui acordado como um rei: café na cama, beijinhos e pacotes. Ser pai é amanhecer no paraíso.

Minha mulher me entregou um embrulho meio mole dizendo que era apenas uma lembrancinha, para não deixar o dia passar em brancas nuvens. Abri e encontrei meia dúzia de cuecas. Brancas. Tudo bem, considerei que se tratava de um presente prático. As mulheres são assim, práticas. Anotei na agenda. Ano seguinte, no Dia das Mães, comprei calcinhas pra ela. Brancas. Não resisti à tentação de dar o troco.

Minha filha, esperta, me entregou um pacote enorme. Dentro da caixa havia outra caixa, que continha mais uma e assim por diante. Quando consegui chegar ao objetivo final da gincana, ganhei uma caneta. Como a caneta, em vez de meu nome, trazia gravada a logomarca do hotel em que estávamos hospedados, percebi que aquilo era um brinde. De plástico. Ok, valeu pela brincadeira.

Meu guri me deu um par de chuteiras da Nike. No primeiro momento, fiquei contente. Só quando me dei conta de que nunca jogo futebol e o número da chuteira coincidia exatamente com o tamanho do pé dele foi que percebi a segunda intenção por trás daquilo.

Tudo bem. No fim, acabei tendo que concordar que, apesar de não vir em pacote, fazer uma viagem com a família já é um presente. E é mesmo.

Bodas de prata

Nunca prometi amar minha mulher até que a morte nos separe. Mesmo não tendo jurado ou feito promessas, eu amo essa mulher cada vez mais. Fui aprendendo a gostar dela no dia a dia. É uma pessoa inquieta, capaz de sacudir a rotina com novidades. E entre as pequenas surpresas do cotidiano, fui descobrindo virtudes escondidas que ela guardava com carinho para alguém especial. Quando percebi que aquilo tudo estava reservado para mim, me deu uma sensação estranha, que só aos poucos fui identificando como aquele sentimento que chamam de felicidade.

Logo que nos conhecemos, fomos fazer uma viagem. Saímos de férias por um mês e voltamos mais apaixonados do que antes. Viajar com outra pessoa é um ótimo *test drive*. Se a viagem for agradável, pode apostar, tudo vai dar certo.

Nunca formalizamos o casamento. Foi um gesto simbólico, uma maneira de dizer que a porta estava sempre aberta. Fui ficando, ficando, e nunca mais saí. Quando me dei conta já haviam passado 25 anos. Hoje, confesso, não sei viver sem ela. Quero ficar assim, até que a morte nos separe.

No início, quando começou o jogo de ocupação de espaço, percebi que ela era meio metida. Aproveitei e abri mão da autoridade em vários assuntos nos quais não faço nenhuma questão de ter a palavra final. Roupas, por exemplo. Eu não sei me vestir. Cada vez que íamos sair, ela me olhava de cima a baixo e me fazia voltar ao guarda-roupa só porque a camisa listrada não combinava com a calça xadrez. Detalhe sem importância, mas, pra ela, fundamental. Agora, antes de me vestir, sempre pergunto, como Noel Rosa: "Com que roupa eu vou?" Assim ela fica feliz e eu não perco meu tempo com análise de estamparias de tecidos.

Certa vez, teve um ataque, pois não levei a sério a recomendação de "não esquecer de molhar as plantas". Quase murchou ali o casamento, junto com as plantinhas. Mas o sacrifício de meia dúzia de bromélias e violetas serviu para alguma coisa: ela nunca mais me passou tarefas tão complicadas.

A vida em comum é assim, você cede aqui, ela cede ali e, entre avanços e recuos, tudo vai se encaixando. Como num quebra-cabeça.

Certo dia, pra meu espanto, saiu de dentro dela uma outra igualzinha, só que pequena. Tipo assim, uma *babuska*. Como se aquela mulher extraordinária já não fosse o suficiente, ainda ganhei um brinde. Um tempo depois, acredite se quiser, mais um prêmio. Dessa vez um menino.

Hoje, olho minha mulher e meus filhos, e me dá uma sensação que já não é estranha. Aprendi muito bem o que quer dizer felicidade.

Lindinha

Quando nasceu minha filha Julia, eu estava despreparado para ser pai. Despreparado no pior sentido em que um cantor-compositor pode estar: eu não conhecia canções de ninar.

Na falta de um repertório específico, comecei a entoar mantras indianos para fazer a pequena dormir. Em especial, os Cantos de Yogananda, que são pérolas preciosas. Fui improvisando com aquilo que eu considerava ser o mais adequado para uma alma pura, recém-chegada a este mundo.

A verdade é que não funcionava. Muitas vezes virei noites sacolejando aquela coisinha linda nos meus braços e nada. Ela lá, com os olhinhos arregalados, à espera daquilo que amava e que efetivamente a fazia adormecer: o seio materno.

Meu repertório, na época, não apresentou o resultado esperado. Ela acalmava, mas não dormia. Por outro lado, acredito que alguma coisa boa deve ter ficado no subconsciente de minha filha. Hoje, olho para ela já crescida, uma entusiasmada praticante de ioga e meditação, e fico imaginando que talvez aqueles mantras sagrados tenham deixado algumas sementes.

É impressionante como, das formas mais inusitadas, a gente vai marcando a vida dos filhos. Eu, por exemplo, sou um sujeito friorento até hoje por causa do sapo-cururu. A culpa é da Dalvinha, minha mãe, que toda noite me colocava pra dormir cantando:

Sapo-cururu,
na beira do rio
quando o sapo grita, maninha,
é porque tem frio.

Nesse verso final, ela acrescentava um trêmulo na voz e aproveitava para puxar o cobertor até o meu pescoço, para que eu me identificasse ainda mais com o pobre personagem da canção. A técnica funcionava, mas fiquei traumatizado.

Voltando à minha filha. No embalo de muitas noites acordado com Julia no colo, comecei a compor uma valsinha, aproveitando o ritmo em ¾ que minha mão reproduzia naquele bumbum protegido por uma fralda descartável. "Lindinha" surgiu assim, espontânea. É uma canção de ninar carregada de carinho e de pureza. É a manifestação de amor de um artista aprendendo a ser pai.

E não é pra querer me gabar, mas a música funciona bem para os seus objetivos, ou seja, realmente faz dormir.

Quadrúpede

Há anos meus filhos insistiam na ideia de termos um cachorro. Minha posição sempre foi clara: "Se entrar um animal nessa casa, eu saio."

Não é que eu não goste de animais, eu adoro. O problema é que não tenho tempo pra cuidar, e filhos, você sabe como é. No início tomam conta, saem pra passear, dão banho, comida. Com o tempo, abandonam as funções e aí... sobra pra quem?

Pois bem. Certo dia, meus filhos resolveram testar minha intransigência para saber se eu estava falando a verdade ou tudo não passava de um blefe. Foi assim. Fui chamado à sala, onde, me disseram, haveria uma surpresa. Não era meu aniversário, nem Dia dos Pais. Fiquei intrigado. O que será?

Dei de cara com um filhote de Golden Retriever lindo, que sorriu pra mim como se eu fosse um pacote de ração. A coisa mais fofa do mundo. Confesso que contribuiu para minha simpatia instantânea o fato de o bichinho estar vestindo a camisa do Sport Club Internacional.

Foi um golpe baixo dos moleques, apelar para meus sentimentos mais profundos. Mas numa hora dessas, eles são capazes de tudo.

Claro que não saí de casa e, portanto, minha palavra caiu em descrédito, detonando o resto de autoridade e respeito que eu ainda tinha no ambiente familiar. Cada vez mais estou me tornando um inútil dentro de casa, coisa que só não acontece definitivamente porque alguém tem que pagar as contas. Inclusive as do cachorro. Sim, porque esses bichinhos não comem resto de comida nem usam sabão grosso pra tomar banho. O xampu dele é mais caro do que o meu e o preço da ração desequilibrou completamente o orçamento doméstico. E mais: veterinário, vacinas, comprimidos, biscoitinhos, osso de plástico, cama, tapete, coleira, spray pode-não-pode e até uma bolsa pra carregar a criança, quer dizer, o animal. Que eu carinhosamente comecei a chamar de Quadrúpede.

Aí começou a fase predador. É a natureza do bicho, ele precisa se manifestar como os da sua raça. Estraçalhou um sofá da sala e a *chaise longue* do quarto do meu filho, uma relíquia de família. Um carregador de laptop, um casaco de veludo e vários calçados. Dois ou três livros, um bolo de aniversário e o conjunto de cadeiras da sala de jantar.

E ainda tem, é claro, aquela triste realidade para quem se aventura a criar um animal doméstico: ele faz cocô e xixi. E não sabe usar o banheiro. Minha esperança é que no futuro, com o avanço da engenharia genética, resolvam esse problema. Por enquanto, neste início de século XXI, ainda temos que lidar com essa situação. E os filhos, você sabe, gostam do bônus, mas não querem o ônus.

Um dia desabafei: "Isso não é um Tamagochi!!! Alguém tem que limpar as porcarias desse cachorro!" No acordo que tínhamos feito, eles seriam responsáveis pelo Quadrúpede. Inclusive, imaginei que seria um bom exercício de amadurecimento, uma forma de irem assumindo compromissos, entendendo o sentido da palavra responsabilidade.

No primeiro fim de semana, minha filha decidiu viajar e o moleque queria ir a uma festa. Olharam pra mim e eu citei aquela antiga canção: "Nem pensar!" Minha mulher se apresentou como voluntária. Mãe é sempre cúmplice, por mais que os filhos aprontem. É da natureza feminina. Se assaltarem um banco, ela vai até encontrar uma justificativa.

Pois bem, o Quadrúpede foi crescendo e ainda não tinha um nome oficial. Estava na hora de escolher. Fiz questão de participar, pois a experiência anterior tinha sido traumática: um pastor-alemão fêmea, que minha mulher se apressou em batizar de Greta Garbo para que no futuro eu não tentasse colocar como nome de uma filha. Puro ciúme. Não sei de onde ela tirou isso.

Alguns amigos começaram a chamar o pequeno mamífero de Soja, uma referência à nossa família de vegetarianos. Vetei. Muito sibilante. Além de curto e direto, nome de cachorro tem que ser musical. Começaram a surgir as listas. Nomes extravagantes como Neymar, Cão, Uésley, Bhagavad Gita, Jorge Afonso... Resolvemos estabelecer critérios. Chegamos a um consenso de que o nome deveria homenagear as artes brasileiras, ter certa altivez, carregar o sobrenome da família adotiva — no caso, nós — e da família biológica, do avô paterno Fender. Depois de muita conversa, chegou-se então ao nome de Dom José Pancetti Fender de Virgiliis Ramil, vulgo Zé.

Gostei da decisão. O título honorífico traz uma certa pompa e ressalta o caráter de nossa nobreza familiar. Nobreza no sentido figurado. Ao mesmo tempo, o apelido Zé não podia ser mais adequado. É, tipo assim, um vira-lata, um cachorro de rua, como a música popular praticada por certos membros da família.

Além de Quadrúpede, Zé tem sido chamado também por outros apelidos carinhosos como Zé Ruela, Bundão, Bicho Peludo, Momoso e Zezim. Recentemente, ganhou até mesmo um nome espiritual: Zé Zen.

Em relação a mim, não se preocupe, estou sobrevivendo. E, não espalhe, feliz da vida.

Acabou o recreio

Reflexões filosóficas

Não acredite nos seus próprios olhos. Quando você olha para um objeto qualquer e enxerga a cor amarela, significa que ele possui todas as outras cores, menos o amarelo. É isso mesmo, lei da física. A cor que você vê é a que está sendo refletida, exatamente a que o objeto não absorveu. Aquele objeto pode ser qualquer outra coisa, menos amarelo.

Partindo desse princípio, passei a observar o mundo à minha volta e comecei a desconfiar que a gente enxerga tudo ao contrário. O que as coisas são, na verdade, a gente não vê! O mundo real é todo pelo avesso. Só se consegue enxergar o que as coisas não quiseram ser e devolveram ao meio ambiente.

É preciso tomar cuidado. O mundo é ilusão, é Maya, como ensinam os hindus. Eu não tinha ideia de onde estava metido.

Tudo bem, você pode alegar que eu não tenho autoridade para falar sobre esse assunto e que minha teoria não tem fundamento científico. Não importa. Cheguei à conclusão, como Saint-Exupéry em sua frase simplória, que "o essencial é invisível para os olhos". Me agarrei a isso e minha vida mudou.

Para aprofundar ainda mais meus estudos, resolvi consultar um velho livro de física sobre as leis de refração e reflexão. Uma frase ficou martelando na minha cabeça: "O ser humano percebe visualmente apenas uma faixa de sete cores que varia do vermelho ao violeta." Acredite se quiser, há muito mais coisas fora desses limites. Pra lá dessas fronteiras, onde nossa vista não alcança, existe um mundo de infravermelhos, ultravioletas e outras esquisitices. Uma região nebulosa que eu passei a chamar de sobrenatural.

Também o nosso ouvido consegue escutar apenas uma determinada faixa de frequências. Somos assim, limitados. Tampouco conseguimos perceber toda a maravilha de cheiros, sabores e texturas que estão disponíveis na natureza. Nossos cinco sentidos nos proporcionam uma experiência parcial da realidade e o mais perigoso deles é a visão, que nos faz enxergar exatamente aquilo que as coisas não são.

A partir dessa revelação, adotei essa inversão de valores visuais no meu dia a dia e meu humor melhorou cem por cento. Comecei pelo meu extrato bancário, que vivia no vermelho e, sob essa nova ótica, ficou azul. Fui conversar com meu gerente, mas ele não entendeu o espírito da coisa. Continuou me cobrando os juros do cheque especial.

Tem gente que não tem sensibilidade mesmo.

A medida das coisas

Há 4 mil anos, os pés e as mãos eram usados como instrumentos de medida. Como obviamente havia gente de todos os tamanhos, a bagunça era geral. No século XVII, resolveram padronizar as unidades de comprimento de acordo com o pé e o polegar do rei. Nos Estados Unidos, até hoje essa é a referência — pés e polegadas — e, se é que há uma atualização, a polegada deve corresponder ao dedão do atual presidente.

Em 1791 foi instituído na França o sistema métrico decimal, baseado numa "constante natural" e não nas medidas do corpo de alguém. Pegaram um meridiano da Terra, dividiram por 40 milhões e nasceu o metro. Atualmente, existem métodos mais precisos para definir o metro, como o trajeto da luz no vácuo durante 1/299792458 segundos. Mas o mais prático mesmo é ir até o armarinho da esquina e comprar uma fita métrica.

Medir é importante. E usando uma régua determinada. Imagine um mundo sem medidas, onde cada um faz o que bem entende. Você compra uma lâmpada, chega em casa e ela não encaixa no bocal. Vai tomar uma sopa e a colher não cabe na sua boca. Diz a lenda que Tim Maia chamou um arquiteto, mostrou mais ou menos onde era o terreno e mandou construir uma casa. Metade ficou em cima do terreno do vizinho.

Além de regras para avaliar o tamanho das coisas, também foram criadas bases de comparação para a temperatura, o peso, a pressão, o volume. E foi preciso inventar a moeda para se estabelecer o valor de cada coisa. Quanto dinheiro vale meu trabalho? E o seu? Quanto vale um cavalo? Depende. Ricardo III, num momento de desespero, chegou a oferecer "meu reino por um cavalo!". Quanto vale uma canção? Mais que um quilo de trigo? O Radiohead lançou um disco e o preço quem determinava era o cliente. Foi um acontecimento histórico. Poderia ser assim nos supermercados.

Quanto vale uma obra de arte? Picasso tinha o hábito de pagar suas contas em restaurantes desenhando uma pomba num guardanapo de papel. Era simples para ele e um ótimo negócio para o dono do estabelecimento. Certa noite, depois de pagar o jantar com mais uma de suas pombas, recebeu do bem-humorado garçom um papel com o desenho de uma árvore. Era o troco.

Há pouco tempo, uma amiga por quem tenho grande carinho me apresentou seu "melhor amigo". De brincadeira, questionei indignado: "Por que não eu? Qual foi o seu critério de avaliação?"

Como se medem os sentimentos? Quanto você gosta? Minha filha, quando pequena, dizia que me amava "mais que o infinito do universo".

Quanto você deseja? Qual o tamanho da sua alegria?

Se alguém tiver um aparelho, me diga.

Calendário

Calendário é um negócio muito estranho. Por exemplo: setembro, outubro, novembro e dezembro — que deveriam ser os nomes dos meses 7, 8, 9 e 10 — correspondem aos meses 9, 10, 11 e 12. Dá pra entender?

Só pra localizar. O ano em que estamos vivendo agora corresponde a uma contagem que começou com o nascimento de Jesus Cristo. Os anos anteriores são chamados de a.C. (antes de Cristo). Matematicamente falando, seriam anos de números negativos. Número negativo é uma dessas teorias esdrúxulas que tentam ensinar para as nossas crianças, mas elas não conseguem engolir. Claro, é difícil entender o que seria alguém ficar com "menos quatro laranjas".

Essa homenagem, de um calendário baseado no nascimento de Jesus, virou padrão. Mas como nem todo mundo é cristão, às vezes fica confuso, pois existem outros calendários. Os judeus, por exemplo, mais avançados, já andam lá pelo ano 5 mil e tanto. Os islâmicos seguem um calendário lunar que começou com a fuga de Maomé de Meca, em 622 d.C. Por sua vez, os chineses batizaram cada ano com o nome de um animal. Acho simpática essa homenagem, apesar de não ser muito exato eu dizer que nasci no ano do Dragão. Sem falar no constrangimento que é para alguém ter que confessar que é Rato ou Porco no horóscopo chinês.

Talvez por isso, e pelo fato de que com algarismos a coisa fica mais definida, o que pegou mesmo foi a contagem, a organização dos anos numa sequência de números.

O problema é que através da História muita gente foi dando palpite sobre esse assunto e metendo a colher na panela. Havia o calendário romano, aí Júlio César deu um jeito de incluir um mês que homenageasse o seu nome. Depois veio Augustus e inventou o mês de agosto. Cada imperador que chegava ia mexendo no calendário para satisfazer sua vaidade.

Foi então que, em 1582, o papa Gregório XIII tentou colocar ordem na bagunça. Juntou um grupo de especialistas e promulgou o calendário cristão, que é usado até hoje. Ah, sim, batizado de calendário gregoriano. Uma das atitudes mais drásticas dessa reforma foi a exclusão, pura e simples, de dez dias. De 5 a 14 de outubro de 1582, os dias simplesmente foram apagados do mapa. Desapareceram. As pessoas foram dormir na noite de 4 de outubro e acordaram no dia 15. É ou não é coisa de maluco?

Para chegarmos a um padrão definitivo, que sirva a todas as culturas, gostaria de sugerir a criação do calendário klediriano, aproveitando o que cada um dos outros já tem de bom. Inclusive os bichinhos chineses. Um novo sistema, que pudesse funcionar como calendário universal, aceito por todo mundo.

Como diz aquele antigo provérbio chinês, "só todos sabem tudo".

Síndrome de Otto

Se você é daqueles que entra no carro, gira a chave e acha que uma força sobrenatural move o veículo, lamento informar-lhe, não existe mágica. O giro da chave aciona um motorzinho elétrico que dá partida ao motorzão, uma máquina extremamente complexa e sofisticada, mas que ainda utiliza o mesmo velho princípio, desde que foi inventada, há mais de um século.

Vou tentar explicar. O coração do seu automóvel chama-se motor a combustão interna. Esse mastodonte é um bicho que aspira ar e gasolina, joga essa mistura dentro de um cilindro e comprime com um pistão. A mistura, em alta pressão, recebe uma faísca que provoca uma explosão, forçando o pistão a um movimento no sentido contrário. O princípio básico é esse. Apaixonados por mecânica, como eu, conseguem até ver poesia no sincronismo dessa coreografia de válvulas, pistões e virabrequim.

O motor de combustão interna foi inventado pelo alemão Nikolaus Otto, em mil oitocentos e lá vai pedrada. É uma máquina obsoleta. Se alimenta de petróleo, polui a atmosfera e, pasme, chega a gastar 80% da energia que produz, só para consumo interno. Isso mesmo, o atrito é tão grande, gera tanto calor, que sobra pouca energia pra prestar algum serviço, como movimentar um carro, por exemplo. Ao contrário do motor elétrico, que tem um aproveitamento muitas vezes melhor.

Ou seja, o motor do Otto é uma máquina que gasta quase tudo o que produz só pra conseguir se manter funcionando. São os mesmos sintomas de uma patologia que se observa na máquina administrativa de certos governos e também na vida de muita gente. Será que estamos vivendo só pra pagar as contas, pra conseguir chegar até o fim do mês? Não sobra nada? Será que a gente trabalha apenas pra sobreviver, pra conseguir se manter em pé? Se é assim, em que momento a gente vive? John Lennon dizia que "a vida é o que acontece enquanto você está ocupado fazendo planos para o futuro". Quando a gente se dá conta, já foi, passou. Mario Quintana escreveu:

> *A vida é uns deveres que nós trouxemos para fazer em casa.*
> *Quando se vê, já são seis horas: há tempo...*
> *Quando se vê, já é sexta-feira...*
> *Quando se vê, passaram sessenta anos...* [*]

Onde foi que se gastou tanta energia? Com que finalidade? Acho que vou repensar o modelo. Vou tentar evoluir para um sistema de vida inspirado no motor elétrico.

---

[*] Trecho do poema "Seiscentos e sessenta e seis", publicado em *Esconderijos do tempo* (Alfaguara, 2013, p. 42).

A cor do dinheiro

"Até agora não vi a cor do dinheiro." O que quer dizer exatamente essa expressão? Qual é a cor do dinheiro? As cédulas aqui no Brasil têm cores variadas: azul, amarelo, verde, vermelho, laranja. Talvez se pudesse dizer também "a cara do dinheiro", pois em geral ele tem algum rosto estampado. Antigamente nossa moeda oficial — o cruzeiro — tinha a cara da princesa Isabel, do Getúlio Vargas, do dom Pedro II, do Tiradentes, do marechal Deodoro e de outras figuras da nossa história política.

Mais antigamente ainda, as coisas eram pagas em réis. Não, não é do meu tempo, sou um pouco mais jovem. Acompanhei as mudanças monetárias e os desarranjos da economia brasileira a partir da segunda metade do século XX. Lembro quando apareceu o cruzeiro novo, que era igual ao velho, só que trazia um carimbo para identificar o inacreditável: mil passou a valer um. Depois veio o cruzado, que também precisou passar por uma renovação. Essa fase do cruzado novo é a que eu mais gosto, pois foram homenageados Machado de Assis, Portinari, Carlos

Drummond de Andrade e Cecília Meireles. E, justiça seja feita, eles não têm culpa se o plano econômico não funcionou.

Os norte-americanos, pragmáticos, usam notas discretas e muito parecidas. Os dólares são quase monocromáticos. Não importa se é um, vinte ou cem. A cor é praticamente a mesma: "verdinhas". O que varia, o que faz a diferença, é o número que vem impresso. É objetivo, mas fica sem graça.

Desde a adoção do real, o dinheiro brasileiro tomou outra dimensão. Além de marcar o fim da inflação, ficou bonito e ecologicamente correto, fazendo uma homenagem à nossa fauna. Beija-flor, tartaruga-de-pente, garça, arara, mico-leão-dourado, onça-pintada, garoupa. Agora, não me pergunte por que uma garoupa vale dez araras. Não faço a menor ideia.

Pelo mundo afora há cédulas lindas, como o franco da Polinésia francesa, o dólar antártico, o guilder holandês, o tenge do Cazaquistão e a libra egípcia. Coloridas, cheias de desenhos e figuras exóticas. Pode ser que não tenham tanto valor comercial, mas com certeza têm um grande valor artístico.

Não sou colecionador, mas guardo com carinho cédulas de alguns lugares. Prefiro ficar admirando a obra de arte no papel-moeda do que as coisas que ela poderia ter comprado. Loucura? Não acho. Tudo é uma questão de valores.

Canhotos

Você já tentou segurar uma tesoura com a mão esquerda e cortar uma folha de papel? Faça isso. Depois, vá até a cozinha, pegue um abridor de latas e, com a mesma mão esquerda, tente abrir uma lata de leite condensado. Essas pequenas experiências com utensílios domésticos podem dar uma noção da dificuldade que é para um canhoto viver num mundo feito para os destros.

Há alguns anos, quando o homem era ainda mais ignorante do que hoje, muitos julgavam que ser canhoto era uma doença. Professores batiam com a régua nas mãos das crianças para fazê-las escrever com a mão "certa". Algumas desenvolveram uma capacidade incrível de manusear as coisas com as duas mãos, mas a maioria cresceu com traumas.

Ainda bem que certos pais não forçaram seus filhos a abandonar o uso da canhota, senão poderíamos ter sido privados da genialidade de Leonardo da Vinci, Albert Einstein, Isaac Newton, Charlie Chaplin, Machado de Assis, Mahatma Gandhi e Ayrton Senna. Isso sem falar das deusas: Greta Garbo, Marilyn Monroe, Julia Roberts, Nicole Kidman, Angelina Jolie. O mundo seria outro.

Não sei por que razão as pessoas funcionam melhor de um lado do que do outro. E se formos comparar os dois grupos, o resultado é desproporcional: 90% usam o lado direito. Canhoto é minoria.

Em Nova York há uma loja só para eles. Além de tesouras e abridores de lata, existem coisas que eu nem imaginava que faziam falta. Teclado e mouse para computador, saca-rolhas, caderno de espiral, régua, apontador, canivete. Há até relógios que giram no sentido anti-horário, que é o mais natural para quem não é destro. Deve ser usado no pulso direito e o botão de acertar ponteiros é do outro lado. Tudo faz sentido. E é bom que faça. Se não tivessem inventado a guitarra para canhotos, não haveria Jimi Hendrix nem Paul McCartney e a história do nosso tempo não seria a mesma.

Dizem que a mão inglesa — o trânsito no Reino Unido, onde os carros se cruzam pelo lado "errado" — vem do tempo das batalhas medievais a cavalo, onde os cavaleiros se enfrentavam dessa forma, pois seguravam a lança com o braço direito. Mas se alguém tivesse me contado que o cara que criou a mão inglesa era canhoto, eu teria acreditado. Até porque, para nós, os destros, é muito complicado passar as marchas do carro com a mão esquerda.

Meu filho é canhoto da barriga pra baixo. Escreve com a mão direita e chuta com a perna esquerda. É um fenômeno que não tem explicação. Talvez eu seja o responsável. No entusiasmo do processo de fabricação, posso ter enroscado além do normal a espiral de DNA do guri. Vai saber.

O fim do mundo

Segundo leituras que fizeram do calendário maia, havia ali uma previsão de que o fim do mundo iria acontecer em dezembro de 2012.

Quando chegou a hora, me despedi dos amigos, companheiros de viagem, e aproveitei para agradecer pelos momentos agradáveis que passamos juntos, nos equilibrando sobre essa bola azul que gira pelo céu, como um pião, a uma velocidade espantosa de 1.674 quilômetros por hora. Mais do que a velocidade do som. Nunca consegui entender como é que a gente não cai desse carrossel desgovernado, mas nem cheguei a tocar no assunto, pois, àquela altura dos acontecimentos, já não importava mais nada.

Nós, os bilhões de seres humanos que vagamos pelo espaço a bordo deste planeta simpático, temos feito muita besteira, mas também temos produzido obras notáveis como a Muralha da China, o iPhone, a Nona Sinfonia e a Gisele Bündchen. Eu faço parte daquele grupo de malucos que acorda todas as manhãs e agradece a Deus por poder desfrutar desta maravilha. Sou um apaixonado pela natureza. O sol, o oxigênio, os animais, as flores, as frutas e os legumes. Com exceção do quiabo.

Sim, eu sei que o mundo dos sentidos é apenas uma ilusão, mas, segundo ouvi falar, toda essa fantasia passageira seria a manifestação artística de um Pensamento Superior. Por isso, recebi com alívio a notícia de que o mundo não havia acabado e essa coleção de obras de arte não seria jogada no lixo de um buraco negro. A leitura que fizeram do calendário maia foi equivocada. Desde então, o que passou a valer foi a ideia de que estamos entrando em uma nova era de luz e sabedoria. Vamos torcer para que esteja certa.

Todas as religiões afirmam que a gente vai sair dessa pra outra melhor, desde que se comporte direito. Ao longo dos anos, fiz meu dever de casa como um aluno aplicado e abri mão de tudo o que era proibido. Me dediquei à prática das virtudes como um escoteiro e, com enorme esforço, evitei os pecados. Alguns bem interessantes. Levei uma vida de santo, com o objetivo claro de alcançar a vida eterna: uma casinha com varanda, com vista para o infinito, sem ter que me preocupar com contas para pagar.

Porém, naquele ano de 2012, fiquei preocupado. Caso se confirmassem as previsões de uma grande catástrofe definitiva, não sei se as promessas que me fizeram seriam cumpridas. Uma coisa é morrer sozinho e ser recebido no céu com carinho e atenção, outra coisa é chegar um bando de 7 bilhões de almas querendo entrar no portão. Quem iria organizar isso? Será que teria lugar pra todo mundo? O pessoal do receptivo estaria preparado? Se em um teatro com lotação esgotada já é difícil segurar o público que ficou sem ingresso, imagine em uma situação dessas.

Comecei a me sentir como aquele cara que apostou na bolsa todas as suas economias e saiu lesado. Tenho um patrimônio de vida que me daria direito a uma série de privilégios para todo o sempre, mas se a coisa saísse do controle, quem iria me garantir? Mesmo que conseguissem organizar o engarrafamento do registro de entrada, perigava eu ficar numa fila interminável com gente exaltada gritando "Isso é o fim do mundo!". Com toda razão.

Em 1938, Assis Valente compôs *E o mundo não se acabou*, um samba genial, eternizado na voz de Carmen Miranda. A letra da música conta a história de um personagem que acredita num boato e, na iminência de ver chegar o final dos tempos, enfia o pé na jaca e depois é surpreendido com o fato de que o presságio não se confirmou. A canção me alertou para essa possibilidade e mantive meu comportamento em marcha lenta. Sóbrio e prudente. Me dei bem. Tenho um amigo que se endividou, outro "beijou na boca de quem não devia". Passado o tumulto, terão agora que prestar contas de seus atos. Pra Deus e pro STJ.

Todos sabem que, um dia, nosso planeta vai encerrar as atividades. Ao mesmo tempo, não há nenhuma previsão catastrófica para as próximas horas. Portanto, *carpe diem*. Aproveite o momento e faça de sua vida uma aventura extraordinária.

Assim caminha a humanidade

Como ganhar dinheiro fácil

Abra uma empresa de prestação de serviços. Pode ser de telefonia, TV por assinatura, administradora de cartão de crédito, planos de saúde... Tanto faz. Na sequência, crie um sistema de telemarketing e contrate meia dúzia de garotas que saibam pelo menos ler. Compre no mercado paralelo uma lista de telefones de clientes em potencial, escreva uma cartilha cheia de "gerundismos" e bote as gurias para "estar ligando" o dia inteiro.

Ofereça promoções. Todo mundo gosta de pensar que está pagando menos, mesmo que você tenha dobrado o preço do serviço e oferecido um desconto de 30%. Não precisa avisar os clientes, mas as promoções devem estar sempre vinculadas a uma armadilha chamada fidelidade. Ou seja, depois dos primeiros três meses de descontos o cara estará preso e amarrado aos seus serviços pro resto da vida. E pagando o dobro.

É importante convencer os incautos a aceitar o débito automático, artifício que lhe permitirá fazer o que bem entender sem que haja a suspensão imediata do pagamento. Detalhe fundamental para o sucesso do empreendimento.

Assim que você tiver conquistado uma razoável carteira de clientes, pode começar a relaxar. Não se preocupe em prestar os serviços para os quais foi contratado. O mais importante é ter uma boa central telefônica com gravações para o atendimento ao consumidor. A ideia é deixar as pessoas penduradas, digitando opções no telefone, perdidas num labirinto de múltiplas escolhas. Seja qual for o assunto, o tempo de espera para quem liga deve ser o mais longo possível. É preciso torrar a paciência do cliente. Logo no início, ameace com uma gravação dizendo: "Nosso tempo de espera está elevado..." Isso já elimina metade das ligações.

Quem insistir deve passar por um interrogatório rigoroso que inclui números de RG, CPF, CEP, telefone residencial e data de nascimento. É a arte da embromação, um esquema capaz de sustentar uma chamada *ad infinitum*. Mas se alguém cumprir todas as tarefas dessa gincana e quiser ser atendido, não tem jeito. Uma de suas garotas terá que recitar o capítulo de teleatendimento da cartilha e prometer que "vai estar providenciando", "vai estar transferindo", "vai estar" fazendo um monte de coisas. Mesmo que não faça.

Para o caso extremo de aparecer um chato, aquele tipo de sujeito que perde horas no telefone, leva tudo às últimas consequências e não desiste nunca, há um recurso infalível que é deixar cair a ligação.

E por aí vai. Se precisar de um sócio, me liga.

A rede

A internet é um bicho descontrolado. Fiquei sabendo que minhas mensagens, meus recados, tudo o que envio por e-mail pode estar rodando o mundo. A matéria que li sobre a rede diz que há superprovedores que redirecionam — de forma tão complexa que parece aleatória — o tráfego intenso da infovia. Incluindo aí as minhas bobagens, um simples alô, uma foto com a família, uma nova canção em mp3. Meus segredos mais íntimos podem estar, neste momento, passando por alguma máquina na Tailândia.

É assim. Uma mensagem enviada para o computador que está na mesa ao lado sai através do cabo de conexão — ou por *wireless*, que é uma espécie de quarta dimensão — e pode ser sugada involuntariamente para dentro do fluxo de uma fibra óptica que segue através do oceano Atlântico. Ou pode ser abduzida por uma transmissão de banda larga via satélite e correr o mundo junto com zilhões de outras informações, como se fossem espermatozoides cibernéticos atrás de seu objetivo final. Essa corrente de velocidade estonteante, aparentemente caótica, funciona.

Só não me pergunte como. O que consegui entender com meu QI de dois dígitos é que os tais superprovedores fazem a função de centrais de distribuição, mais ou menos como uma rodoviária. O problema é que se o ônibus que você quer está lotado, te colocam em outro qualquer e lá no próximo terminal você se vira e tenta de novo um transporte para o lugar desejado. Como tudo isso acontece à velocidade da luz, em poucos segundos sua mensagem estará no computador ao lado. Como num passe de mágica. E você nem desconfia que ela pode ter andado pela Tailândia.

A questão é saber quem se responsabiliza por minhas intimidades. O mundo está ficando perigoso. Um estranho qualquer pode estar vasculhando minhas gavetas. Posso estar sendo filmado, gravado ou grampeado o tempo todo, sem saber. Por isso acho educado quando alguém pelo menos informa: "Sorria, você está sendo filmado." Tenho me sentido observado, como em um reality show. Onde é que nós estamos metidos? É tudo difuso e nebuloso, principalmente essa internet. Um negócio estranho que ninguém sabe explicar onde fica, não tem domicílio fixo, razão social, CNPJ. Muito suspeito. É bom abrir o olho.

Essa rede que se espalha sem controle me lembrou um outro bicho (ou será um vegetal?). Dizem que o maior organismo vivo no planeta Terra é uma aberração que vive embaixo da terra, uma espécie de fungo que cresce descontroladamente sob uma floresta no Oregon, Estados Unidos. O nome da coisa é *Armillaria ostoyae*. Há 2.400 anos vem estendendo seus filamentos subterrâneos, matando árvores para se desenvolver e já está do tamanho de 1.220 campos de futebol. Um perigo.

Não sei direito o que é esse bicho, mas não tenho dúvida: daqui a pouco vai estar debaixo da minha cama.

Desfile de cabides

Não entendo nada de moda, mas de mulher eu entendo. Saí de dentro de uma e, algum tempo depois, entrei em outra para fazer uma terceira que, modéstia à parte, é uma obra-prima. Mais por méritos de minha parceira do que por meus dotes pessoais. De qualquer forma, escorado pela ciência, reivindico minha participação na autoria, já que contribuí com 23 cromossomos. Alguma coisa ali fui eu que fiz, nem que tenha sido a vesícula biliar.

Independentemente da capacidade de saber (ou não) fazer mulheres, sei apreciá-las. Existe um equilíbrio natural entre as formas e medidas femininas para que o conjunto resulte em algo que se possa chamar de belo. E a coisa toda não fique parecendo uma... girafa, por exemplo. A girafa é um bicho simpático, mas mal projetado. Um equívoco do departamento de design.

Pois foi exatamente a imagem de uma girafa que me veio à mente quando, sentado no sofá, zapeando com o controle de TV na mão, parei boquiaberto em um canal que mostrava um desfile de moda. A guria vinha na minha direção, tão desengonçada e trocando as pernas que achei que fosse cair. Gritei "Caraca!" e comentei com minha mulher que a garota parecia ter bebido umas duas garrafas de vodca.

A seguir veio outra, que parecia prima da primeira, depois outra e mais outra, todas da mesma família, a família Caniço. Era um desfile de cabides. Gente, essas gurias estão passando necessidade! Pensei em fazer um show beneficente para arrecadar latas de leite em pó. E como estava pensando em voz alta, minha mulher emendou "pede leite desnatado, senão não tomam". O tom de ironia do comentário revelava uma realidade preocupante: na ânsia de ficarem cada vez mais magras, essas garotas perderam o bom senso e viraram palitos. Pele e osso. Qualquer ser humano nessas condições é considerado subnutrido pela Organização Mundial de Saúde.

Gisele Bündchen, a deusa de Horizontina, é a mulher mais linda do mundo. É magra, sim, mas não esquelética. Tem as medidas certas. E tem até bundinha, como ela mesma descobriu depois de um tempo. Não sei como não havia se dado conta, eu e o Tom Brady já havíamos notado.

Gisele exala um tipo de brilho que não se consegue só com dieta alimentar. Na passarela, com equilíbrio e harmonia, ensina como pode ser bonito um corpo em movimento. Certas pessoas têm a capacidade de transformar em arte coisas simples, como o ato de caminhar.

É assim com Gisele. Como foi com Greta Garbo.

O dedão opositor

Tô ficando velho. Não consigo me adaptar a essa mania de escrever mensagens no celular com o dedão. Eu sou do tempo da datilografia, quando uma das principais virtudes do ser humano era saber usar a máquina de escrever com os dez dedos. Máquina de escrever era uma espécie de computador que ia imprimindo enquanto você digitava. Sem a possibilidade de "delete". Se você errasse uma letra, precisava disfarçar com um negócio chamado corretivo — tipo um esmalte branco de unhas — e esperar secar. Ao mesmo tempo, essa máquina, hoje considerada obsoleta, tinha a grande vantagem de poder funcionar sem energia. Quer dizer, sem energia elétrica, porque a quantidade de calorias necessárias para escrever uma página datilografada era enorme. Há uma teoria que associa esse esforço físico ao perfil esbelto das secretárias da época. Não sei.

Naquele tempo, a técnica de usar apenas um ou dois dedos para escrever era conhecida como "catar milho". Hoje, com os smartphones a gurizada escreve o dia inteiro apenas com o dedão. Alguma coisa está mudando radicalmente. O mundo que eles estão construindo vai ser muito diferente do nosso. O que, confesso, me dá alguma esperança. Só não consigo entender como vai ser melhor se usam apenas um dedo, quando poderiam estar usando dez.

É bem verdade que o dedão é um dedo especial, é o nosso polegar opositor. É o principal órgão do corpo humano, depois do órgão sexual. É por causa dele que o mundo é mundo. Toda a história da humanidade é uma consequência desse pequeno detalhe anatômico, um dedo opositor, que nos permite agarrar as coisas, seja um copo ou a mulher amada. E isso fez toda a diferença. O homem começou a construir ferramentas, objetos, máquinas e smartphones.

Com a retomada da valorização e da supremacia do nosso dedo histórico, essa nova geração talvez consiga fazer o que não conseguimos com o democrático uso dos dez dedos. Vamos ver. Eu sei que certos dedos não servem pra quase nada e acabam sendo menosprezados. É o caso do mindinho. Fica ali pendurado, esperando alguma chance de mostrar serviço. Acontece que, mesmo que seja um trabalho menor, ele precisa ser reconhecido, é uma questão de autoestima.

Essa gurizada que adora o polegar vai ter que concordar comigo pelo menos em uma coisa: não dá pra tirar meleca do nariz com o dedão.

Dinheiro

Dinheiro é uma das pragas da civilização. Antigamente havia o escambo — o famoso toma lá da cá — e a coisa funcionava razoavelmente bem. O dinheiro cria uma falsa ilusão de felicidade. Você acha que pode tudo. Não é verdade. Você pode apenas as coisas boas. Para poder realmente tudo é preciso mais do que dinheiro. É preciso muito dinheiro. A coisa não tem fim.

A invenção do papel-moeda mudou os valores da humanidade. Um amigo abre a carteira na sua frente e você fica humilhado. Você olha o contracheque do seu colega e se dá conta de que não estão sabendo reconhecer o seu talento. Isso gera inveja, raiva, ódio, rancor e, no fim da cadeia de sentimentos perniciosos, os mísseis de longo alcance.

Não é fácil dimensionar o valor de um ser humano. Uma coisa é quanto vale, outra coisa é quanto custa. Em busca do equilíbrio orçamentário "fazemos qualquer negócio". Tem gente que vende o próprio corpo, como as prostitutas, e tem esses caras que negociam um rim no mercado paralelo de órgãos.

O mundo evoluiu de forma tão complexa que o dinheiro não está mais conseguindo servir de parâmetro. O maior exemplo disso é a quebradeira dos bancos americanos, levando de arrasto todo mundo. Inclusive eu, que estava quieto, sentado na varanda, tomando um suco de laranja.

Para resolvermos esse problema, minha sugestão é recolher todo o dinheiro em circulação. Reais, dólares, euros, yens... Assim, voltamos ao estado primitivo de relação comercial e, a partir daí, que Deus tenha piedade de nós. Em relação ao dinheiro recolhido, não se preocupe. Vamos depositar tudo em um lugar confiável, para que haja transparência no processo. Para isso, criei uma entidade sem fins lucrativos, que vai encaminhar os recursos para obras de caridade. Depois eu passo o número da conta-corrente.

Lembro que, certa vez, comentei com minha filha a dificuldade de se pagar as contas e ela disparou: "Não tem dinheiro? Paga com cartão." Segui sua sugestão e hoje em dia não uso mais dinheiro. Só uso esses cartões de plástico que, por incrível que pareça, o pessoal das lojas aceita como forma de pagamento. É uma boa ideia. Eles são até mais consistentes que o papel-moeda. E se precisar, dá pra lavar. Minha mãe não vai mais me aborrecer com aquela conversa de que "dinheiro é coisa suja".

Se bem que tem gente que lava dinheiro, mas eu não sei explicar o processo.

Facebook

Hoje em dia, quando quero saber dos meus filhos, entro no Facebook. Não, eles não moram em outro país, vivem comigo, sob o mesmo teto. O que acontece é que nas conversas do dia a dia não sobra tempo para certos assuntos mais íntimos, aquelas coisas que eles só revelam aos amigos mais chegados, os 5 mil que fazem parte do "perfil".

Ainda bem que fui adicionado no Face deles, assim fico sabendo, por exemplo, que eles — Uhuuu!!! — conseguiram ingressos para o Rock in Rio. É assim mesmo, cada conquista, por pequena que seja, é sempre acompanhada do grito de vitória: Uhuuu!!! E não se iluda. Eles não vão ficar gastando os "uhuus" deles num almoço em família se podem muito bem dividir essa euforia com os 5 mil eleitos, que por sua vez vão espalhar para outros 5 mil e assim por diante, em progressão geométrica.

E mais. No Face, além do texto, podem ilustrar o assunto com fotos, vídeos e links. Muito mais interessante. Essa gurizada não quer perder tempo com bate-papo. Só se for on-line, onde podem falar com vários ao mesmo tempo. Pra que conversa ao pé do ouvido, se podem falar no microfone? E com a câmera ligada?

Confesso que adoro esses avanços da tecnologia. Uso muito o Skype, por exemplo. Pra fazer reuniões de trabalho, conversar com minha mãe, que mora em Pelotas, e pra matar a saudade da família, quando estou em viagem, sozinho, num quarto de hotel. O notebook é o meu fiel companheiro. Além de servir de telefone com imagem, funciona também como máquina de escrever, aparelho de som, correio, canal de informações, estúdio de gravação, álbum de fotografias e, *last but not least*, é a minha ferramenta de acesso às redes sociais, para eu poder estar conectado com os dois mundos: o real e o virtual.

Estamos vivendo novos tempos e, tenho certeza, passada a fase de adaptação, tudo será ainda melhor. Apesar de atordoado com tanta novidade, não abro mão da minha função de pai. Continuo atento e ligado aos movimentos dos meus filhos, mesmo "na nuvem".

Minha relação com o Face era tranquila, até que chegou o dia do meu aniversário e levei um susto. Fui sacudido por um tsunami de recados cheios de amor e carinho. Foram tantas mensagens que meu "perfil" entrou em colapso.

Se metade das coisas que me desejaram for cumprida, vou ficar intoxicado de paz, saúde e felicidade para o resto da vida. Que, aliás, deve ser longa. Como vários me desejaram "muitos anos de vida", peguei uma calculadora, somei tudo e cheguei à conclusão de que estou condenado a viver até os 840 anos. Tipo assim, um Matusalém.

Sei que a intenção foi boa, mas acho uma irresponsabilidade me desejarem tantos anos de vida sem apresentarem uma solução pra minha aposentadoria. Fiquei com um problemaço pra resolver. Como não tenho previdência e ninguém se lembrou de me desejar "muito dinheiro", vou ter que seguir trabalhando até o último minuto de vida. Agora, raciocine comigo. Você acha que daqui a trezentos anos, quando ninguém mais souber o que é um zíper, vai haver alguém interessado em me ouvir cantar "Ah, esse maldito fecho éclair?". E mais, quem vai trocar a minha fralda geriátrica?

Sinceramente, ainda não sei o que fazer. De qualquer maneira, agradeço todas as manifestações de carinho. Fiquei contente com esse turbilhão de mensagens e, na impossibilidade de dar retorno para cada um, resolvi escrever uma resposta coletiva:

"Obrigado a todos, muitos beijos e abraços, e que Deus lhes dê em dobro tudo o que vocês me desejaram. Inclusive os 840 anos de idade."

Mundo virtual

Se no dia a dia já está difícil acreditar no que as pessoas dizem, imagine no ambiente nebuloso da internet, onde a vida é virtual.

Virtual no sentido de uma simulação criada por meios eletrônicos. Tipo assim, uma imitação da realidade. É "como se fosse". Você participa de um universo de mentirinha, mas sabe o tempo todo que está vivendo uma ficção. É enganado conscientemente, sabe onde está se metendo. Como dizia o poeta, "ela finge que me ama e eu finjo que acredito".[*]

Pois nesse ambiente fictício, sem governo nem autoridade, circula um sem-número de informações apócrifas, falsamente atribuídas a um autor ou de autoria duvidosa. Ninguém se responsabiliza por nada e todo mundo pode dar palpite sobre qualquer assunto. É uma terra de ninguém e, ao mesmo tempo, de todo mundo. Reconheço que é uma forma democrática de circulação de conhecimento, onde você pode interagir, alterar o conteúdo, dar sua contribuição. Mas o resultado não é confiável.

---

[*] Trecho da canção *Falso amor sincero*, de Nelson Sargento.

Como na vida em geral. O mundo virtual está cada vez mais próximo da realidade. Ou será o contrário?

Um bom exemplo disso são essas enciclopédias e dicionários on-line onde qualquer um escreve o que bem entende. O modelo colaborativo é interessante, mas não dá pra acreditar em tudo o que está escrito ali. A ideia de softwares livres é outro exemplo — nesse caso positivo — dessa diluição autoral. Alguém inventa um programa, abre o código-fonte e solta na rede pra quem quiser alterar, mexer, melhorar. Talvez no futuro a criação artística também seja assim, ninguém mais vai ser dono da obra. Como já são os roteiros de Hollywood, escritos a várias mãos. Confesso que é um pouco difícil para mim, um artista, conviver com essa ideia. Não gosto que mexam em um texto que escrevi. Nem que alterem a harmonia e a melodia de uma canção que leva minha assinatura. Em relação a assuntos técnicos, como programas de computador, concordo que é diferente. Teoricamente, várias cabeças são capazes de criar melhor do que apenas uma. Mas uma obra de arte é uma criação muito pessoal. Como um filho.

Antigamente, em determinadas tribos indígenas não existia o conceito de casal. As relações eram abertas. Cada criança que nascia era criada por todos, não havia exatamente um pai legítimo. Hoje em dia, com as novas estruturas familiares, estamos de certa forma nos aproximando desse modelo. O mundo dá voltas, talvez seja um retorno ao sistema tribal.

Acho que estou ficando velho pra tanta novidade.

Na estrada

A máquina de sonhos

Há pouco tempo, lançaram nos Estados Unidos uma máquina de programar sonhos. Você escolhe o tema, os detalhes, o clima, liga o aparelho e pronto. Dorme como um anjo.

Estávamos em turnê pelo interior de São Paulo, com shows de K&K, e comentei a notícia com meu irmão, que é um estudioso do assunto. Kleiton me disse que é possível programar sonhos sem a ajuda de aparelhos e me ensinou a técnica. Consiste em ficar colocando na mente durante o dia, através de pensamentos de repetição, aquilo que se gostaria de sonhar à noite. Ou seja, você perde o dia, mas em compensação ganha um sono bacana, tranquilo, sem pesadelos.

Resolvi fazer uma experiência e passei o dia inteiro pensando e falando na Greta Garbo. Até entrei na internet para fazer uma fixação de imagem. Encontrei umas fotos lindas dela em *Grande Hotel*, *A dama das camélias*, *Ninotchka*, e tive que fazer um esforço de concentração para armazenar tanta informação importante. À noite, com tudo aquilo na cabeça, fiz uma oração a Santo Antônio e fui dormir.

Para minha surpresa, a coisa funcionou.

Sonhei que estávamos num set de filmagem, em Hollywood. Greta e eu éramos os protagonistas de uma comédia romântica e rodávamos uma cena *caliente*. *Muy caliente*. Cama redonda, lençóis de seda, aquelas coisas. Quando o diretor gritou "corta", em inglês, profissionalmente me dirigi ao trailer para descansar e estudar o texto da cena seguinte.

Mas Greta, confundindo os limites entre atriz e personagem, invadiu meu trailer, enlouquecida de amor e de desejo, a fim de fazer da ficção realidade. Tentei conversar, chamá-la de volta à razão, afinal estávamos ali a trabalho, mas ela estava descontrolada.

Debaixo de um calor californiano, no meio de cenas sobrepostas que pareciam coisa de cinema — um drama, dentro de um filme, dentro de um sonho — um telefone começou a tocar insistentemente. Acordei suando, em pleno verão de Ribeirão Preto. Atendi e ouvi a voz de João Schmidt, meu produtor:

— Bom dia! Temos uma hora para estar no aeroporto!

Respirei fundo e me espreguicei. Levantei calmamente, preparei meu chimarrão, li o jornal, tomei meu banho frio e desci para o saguão do hotel. Ao encontrar meu produtor, fui seco e direto:

— Você está despedido!

Persona non grata

João Schmidt, meu produtor de shows, é um sujeito divertido. Uma figura agradável e ótimo companheiro de viagem. Como se não bastasse, é um profissional da melhor qualidade. Nossas viagens a trabalho são sempre em clima de alto-astral, graças a esse parceiro que vive em estado de euforia permanente. Dizem que caiu no pote quando era criança.

Schmidt nasceu em Pelotas, quer dizer, o corpo nasceu em Pelotas. A alma nasceu em Salvador, Bahia, e anos depois as duas partes se encontraram no bairro da Lapa, no Rio de Janeiro.

Como qualquer um de nós, ele também tem seus pecados, mas se recusa a entrar na igreja para confessar, sob o argumento de que ainda é cedo. Quando garoto era conhecido como João Maçaneta, apelido que trazia subentendido o significado de "onde todo mundo mete a mão". O que ele considera um exagero dos colegas.

João adora organizar festas. São famosas. E nunca me convida. Este ano organizou uma feijoada pra festejar o Dia de São Jorge em seu

Crônicas para ler na escola **125**

apartamento na Lapa. Convidou todo o meio artístico do Rio de Janeiro, menos eu. Fiquei deprimido. Chamei pra uma conversa e ele foi bem sincero comigo: "Kledir, você atrapalha. Chega nos lugares e pede pra desligar o ar-condicionado. Não bebe, se incomoda com fumaça de cigarro, pede pra abaixar o volume do som... Me poupe! Eu gosto é de farra! Vai jantar com esses teus amiguinhos da literatura!"

Me senti rejeitado, *persona non grata*.

Dias depois, tentei uma jogada. Liguei pra Márcia, sua fiel escudeira, que ele chama de "minha babá", disfarcei a voz e falei que estava retornando a ligação para confirmar minha presença no pagode de segunda-feira. Inventei um nome qualquer e disse que era amigo do Túlio. Foi aí que Márcia reconheceu minha voz e falou: "Ô, Kledir, vai te catar! Você sabe que eu tenho ordens pra não te deixar entrar. Aqui não tem essa frescura de RSVP." Tentei argumentar: "Mas eu também sou filho de Deus." E ela: "Pros filhos de Deus tem um templo ali na esquina. Aqui é só pro pessoal do balacobaco."

Resolvi então partir pra ignorância. Chamei meu advogado e entrei com um mandado judicial contra o sr. João Schmidt, por discriminação de minorias, no caso, nós, os vegetarianos, não fumantes e sem sal. O processo está tramitando na Justiça e tenho esperança de que o veredicto saia antes da festa de Cosme e Damião. Que, em geral, é das mais animadas.

A arte de esquecer

Chegamos em Aracaju, Sergipe, para uma apresentação. Ginásio lotado. As luzes se apagaram e entramos no palco sob um estrondo de gritos, palmas e assobios. Primeiros acordes, acendem os spots, Kleiton vai até o microfone, abre os braços e grita:

— É um prazer estar aqui em Araçatuba!!!

Foi a maior vaia que já ouvi em toda a minha vida. Rapidamente peguei meu microfone e tentei consertar:

— Ele ainda está em Araçatuba. Eu estou aqui com vocês em Aracaju!

Parece brincadeira, mas é verdade. Muitas vezes, no meio da correria do *showbizz*, a gente acorda num quarto de hotel e não lembra nem em que cidade está.

Tudo bem, não se justifica a gafe do Kleiton, mas ele andava cansado, a gente havia passado por várias cidades, inclusive por Araçatuba uns dias antes... Tá bom, tá bom, ele é meio desligado mesmo. Do tipo que bota açúcar na sopa e escova os dentes com creme de barbear.

Para explicar seus esquecimentos, Kleiton se diverte recorrendo à teoria de que os grandes gênios não podem ficar se preocupando com pormenores, pois o tempo todo têm questões importantes para resolver.

E, para ilustrar a teoria, cita aquela história do Einstein, que vinha caminhando pela rua e foi interrompido por um aluno. Depois de alguns minutos de conversa, ao se despedir, perguntou para que lado estava caminhando. Não lembrava mais se estava indo pra universidade ou voltando pra casa.

Há pouco tempo, Kleiton descobriu um livro chamado *A arte de esquecer*, de Iván Izquierdo, e ficou fascinado. A obra faz uma apologia ao esquecimento como faculdade vital para o equilíbrio emocional e cognitivo.

Estávamos em um grupo de amigos, tomando um café numa livraria, e Kleiton comentava entusiasmado que esse livro era a sua redenção. Agora havia uma explicação científica, um estudo abalizado da neuropsicologia sobre o comportamento supostamente aéreo de pessoas como ele.

De repente, levantou e foi até a seção de livros. Voltou feliz com um exemplar de *A arte de esquecer* debaixo do braço, pois finalmente havia encontrado o livro para comprar.

Luciana, sua mulher, caiu na risada. "Mas, Kleiton, *A arte de esquecer*?!? Você comprou esse mesmo livro semana passada!"

Ele diz que é mentira, mas ela jura que ele esqueceu que já havia comprado o livro e há um outro exemplar igualzinho na mesa de cabeceira.

Coisa de gênio.

Ôxe!

Recife é uma festa. Fui dormir às quatro da manhã, depois de fazer show no belíssimo Teatro de Santa Isabel e sair para jantar com amigos. Eu estava hospedado num hotel na praia de Boa Viagem, de frente pro mar. Natureza exuberante, céu azul, água cristalina e... tubarões. Tudo bem, com tanta coisa bonita, quem é que liga para tubarões? É só não entrar na água.

Às sete da manhã, ou seja, depois de dormir apenas três horas, comecei a escutar som de microfones sendo testados. Pensei que estava sonhando com minha própria equipe trabalhando, mas não. Estavam preparando o palco para um show de pagode. Na areia da praia, em frente ao hotel.

Levantei, passei uma água no rosto, fechei um mate e fui pra janela. Vou fazer o quê? Resolvi entrar no clima.

Aí começou o batuque. Foi juntando gente, juntando gente e em pouco tempo havia uma multidão cantando e dançando os sucessos radiofônicos. Aprendi até uma coreografia: "Direita, esquerda, lá em cima, palminha." Tentei incluir os movimentos na minha apresentação daquela noite no teatro, mas fui vetado pelo diretor do espetáculo. Os músicos da banda ficaram debochando, dizendo que eu não tinha sido aprovado pelo controle de qualidade. Pura inveja.

Voltando à janela. Eu já estava animado, sambando, reproduzindo razoavelmente as coreografias que as bailarinas-contorcionistas ensinavam. Foi quando surgiu, não sei de onde, um trio elétrico tocando frevo. E mais outro. E mais um. Eram três trios elétricos, um berrando mais do que o outro, somados ao som que vinha do palco. Virou uma guerra de alto-falantes. E eu no meio. Na janela.

Liguei pra recepção para arrumarem meu quarto. O rapaz me atendeu gaguejando: "Olhe... Socorro..." Fiquei preocupado: "O que foi, está sendo assaltado?" E ouvi de volta: "Não, não. Socorro é o nome da camareira. Ela sumiu, acho que está lá no show da praia..."

A coisa estava passando dos limites. Desci até o saguão para reclamar com a gerência. A confusão era enorme. Um grupo fantasiado tomava conta do lobby gritando, batendo tambores e agitando bandeiras do Náutico, do Santa Cruz e do Sport. Uma morena, com uma peruca enorme com todas as cores do arco-íris, olhou pra mim e gritou: "Ôxe! É Kleiton e Kledir!" Assim mesmo, como se eu fosse duas pessoas numa só. Fui cercado pela multidão e carregado para o pagode da praia. De onde, lá pro fim da tarde, fui resgatado pelo meu produtor, pois estava na hora de irmos para o teatro.

Cheguei exausto pra fazer o show, mas feliz da vida. Recife é uma festa. Se nessa época do ano é assim, imaginem no Carnaval. Já me inscrevi pra desfilar no Galo da Madrugada, em fevereiro. Quando voltar, eu conto.

Quer dizer, se eu conseguir voltar. Ôxe!!!

O Bloco das Almôndegas

Sou o tipo de cara que aproveita o Carnaval pra descansar, mas nem sempre foi assim. Já dei os meus pulinhos. Venho da tradição do Carnaval de Pelotas, durante muito tempo considerado uma das festas mais animadas do país.

Nos anos 1970, eu fazia parte do Almôndegas, assim mesmo no masculino, uma banda que fez história. Paralelamente, em Pelotas, tínhamos o Bloco das Almôndegas, agora sim no feminino, um grupo de amigos que saía fantasiado de mulher. Não sei de onde vem essa mania — que é igual em qualquer lugar — de homem se vestir de mulher no Carnaval. Freud talvez explique.

Nosso bloco começou como um agrupamento desordenado de gente que não tinha o que fazer e evoluiu a ponto de se tornar um grande acontecimento. Nosso presidente, um sujeito desmiolado e com o hábito da bebida, era jornalista e transformou aquela brincadeira num sucesso. Escreveu matérias importantes sobre "os entusiasmados ensaios do bloco", o que de certa forma era verdade. Só não deixava transparecer a dimensão da coisa: os tais ensaios eram realizados numa mesa do bar Cruz de Malta.

Com toda essa divulgação, conseguimos apoio de empresas e até uma verba da Prefeitura. Aí montamos um carro alegórico de fazer inveja às escolas de samba e foi preciso estabelecer um critério de seleção para os músicos da bateria: quem chegasse com instrumento, tocava. Em relação às fantasias, a criação era livre. O único detalhe obrigatório era o uso do batom, mesmo que a "moça" tivesse barba ou bigode.

No dia do desfile, aquele divertido e alcoolizado exército de Brancaleone entrou na avenida já meio se desmanchando. No alto do carro alegórico, radiantes, vinham a rainha e duas princesas. Uma delas, essa que vos escreve, ou melhor, esse. Atravessei a avenida acenando para o público e jogando tênis com as lâmpadas da decoração, usando o violão como raquete. Alguns me acusaram de ser o responsável pela desclassificação do bloco, mas considero a chuva de garrafas de cerveja contra a mesa dos jurados um episódio muito mais significativo.

Quando terminamos o desfile, nosso presidente, eufórico com a apresentação, resolveu que deveríamos voltar à avenida. Na contramão. E assim foi, retornamos sambando, enlouquecidos, batendo de frente com A Girafa da Cerquinha e o Bloco do Padre Ozy, que por alguma razão vinham na direção contrária.

A pororoca carnavalesca que se formou está registrada até hoje na memória dos foliões. E também no livro de ocorrências da delegacia de polícia.

Profissões

Ascensorista

Ascensorista é a pior profissão do mundo. O cara fica trancado o dia inteiro dentro de uma caixa apertando botóes, respondendo às mesmas perguntas e escutando papo-furado de gente no celular. Uma das poucas vantagens é poder fazer palavras cruzadas no trabalho, passatempo que só serve pra isso mesmo, passar o tempo. Como dizia Bernard Shaw, "palavras cruzadas são um ótimo exercício para quem quer fazer palavras cruzadas".

É uma profissão que está acabando, pois os elevadores estão cada vez mais automáticos. Vamos perder em charme, mas ganhar em espaço. Já existem elevadores que falam. Anunciam o andar, desejam bom-dia e mandam abraços para a família. Com uma voz sensual, igual àquela do aeroporto.

Ninguém precisa de um ascensorista para subir, é só apertar o número do andar. A não ser que seja um elevador daqueles de porta pantográfica, equipamento obsoleto e em geral com muitos anos de uso. Nesse caso, eu costumo recomendar que a pessoa vá pela escada.

Por outro lado, na hora de descer um ascensorista é fundamental. Ninguém sabe onde fica o botão do térreo. É uma sopa de letrinhas. Em vez de usarem T como padrão, não, gostam de inventar. Tem L de lobby, R de recepção, H de hall, P de piso. Outro dia, entrei num elevador que usava a letra A. "A de quê?", perguntei. "De acesso." Só descobri depois que desci no S, que eu pensei que era de saguão, mas era de sobreloja.

Loja de departamentos é uma desgraça. O elevador para em todos os andares. "Primeiro andar: artigos esportivos, calçados masculinos. Segundo andar: moda feminina, não deixe de conhecer a nossa coleção outono/inverno. Terceiro andar: lingeries, cosméticos e perfumaria..." Se você precisa chegar até a cobertura, está ferrado.

Ascensorista boa-praça é uma alegria de ver, um exemplo de vida. Um sujeito que é capaz de manter o bom humor, com um sorriso no rosto, apesar de repetir o dia inteiro os mesmos gestos e frases. Literalmente falando, é uma profissão em que o sujeito não vai pra frente. Você pode argumentar que ele consegue subir na vida rapidamente, mas a contrapartida é imediata. O cara termina o dia, o mês e a vida no mesmo lugar de onde saiu. O chão. E, ironia do destino, depois de passar a vida inteira trancado numa caixa, quando chega sua hora, o ascensorista sai dali direto pra outra caixa. Com a vantagem que não tem ninguém pra encher o saco.

Engenheiro

Engenharia é uma profissão muito fácil, basta saber usar uma máquina de calcular. Máquina de calcular é um instrumento que serve pra isso mesmo, fazer cálculos por você. É só digitar a operação e ela dá o resultado. Claro, é preciso conhecer alguns fundamentos básicos da matemática, como os números naturais e as quatro operações: somar, diminuir, multiplicar e dividir.

Somar é aquilo que se faz quando não se quer diminuir, e vice--versa. Multiplicar é o contrário de dividir. Pronto, se você não sabia isso, já aprendeu. Só falta decorar os números. Vamos lá. Olhe o seu dedo indicador, também conhecido como "fura-bolo": esse é o número 1. O furador de bolo em dupla com o "pai de todos" forma o número 2. Se você acrescentar o "seu vizinho", terá o 3. E assim por diante. Quando terminarem os dedos das mãos, peça ajuda para os universitários.

Na prática, o dia a dia da profissão de engenheiro é uma barbada. Ciência exata não tem erro. Dois mais dois vai ser sempre quatro. Ao mandar o pedreiro virar uma massa é só dizer: dois de areia, um de cimento, um de cal e um balde d'água. Com isso você já poderia começar a trabalhar, mas, por via das dúvidas, é bom fazer a faculdade.

Você pode não acreditar, mas eu sou formado em engenharia e, para alívio da humanidade, virei artista. Ou seja, meus comentários podem estar equivocados. No meu tempo, no século passado, tinha que decorar a tabuada e fazer contas de cabeça. Ou usar um instrumento medieval chamado régua de cálculo. Não dá pra explicar aqui o que era uma régua de cálculo, só vou dizer que era necessário um QI de 150.

Engenharia é uma linda profissão. É ela que faz o mundo girar, no sentido metafórico, é claro. Ela está por trás de cada movimento seu. Quando você liga a TV, abre uma cerveja ou puxa a descarga do banheiro, pode ter certeza, ali tem a mão de um engenheiro.

Se você seguir essa carreira, tenha como objetivo chegar a chefe de departamento. A partir desse ponto, você passa a ter à disposição uma equipe de técnicos, assistentes e, o melhor de tudo, um estagiário. Toda empresa hoje em dia tem um estagiário, que é aquele cara que carrega o piano para os outros tocarem. Então, se tiver que construir uma ponte é só chamar o pobre coitado e mandá-lo pesquisar no Google. Aí ele apresenta o projeto, você repassa pra equipe e pronto. Minha única sugestão é que você não assine a obra, pois se a ponte cair quem vai pra cadeia é você.

Médico

Medicina é um sacerdócio. É só pra quem tem vocação e estômago. O grande teste é a primeira aula de anatomia. Se você conseguir assistir sem enjoar, pode seguir em frente.

É uma profissão muito difícil, você não tem hora pra nada. Domingo, almoço em família, toca o celular e você tem que sair correndo. A não ser que compre sua própria clínica, contrate uns residentes e bote os caras pra trabalhar. Residência é uma espécie de purgatório por onde todo médico precisa passar antes de chegar ao paraíso do consultório próprio e poder ser chamado de "doutor". É tipo um estagiário que não tem direito a dormir, vive fazendo plantão e vira noites distribuindo analgésicos e antitérmicos.

A medicina tem várias especializações. Se você brincava de médico quando criança e gostava de examinar as meninas, pode fazer ginecologia. Se costumava arrancar asa de passarinho e cortar minhocas com o canivete, eu sugiro que faça cirurgia. Psiquiatria é pra quem gosta de ficar ouvindo a conversa dos outros. Traumatologia pra quem vivia desmontando as bonecas da irmã. Agora, se você quer um título grandioso pra botar na porta do consultório, faça otorrinolaringologia.

Um bom médico é aquele que impõe respeito e confiança. Para isso deve usar óculos, um estetoscópio pendurado no pescoço e uma caneta de boa qualidade. O exame clínico em consultório é muito importante, psicologicamente falando. Você manda o paciente tirar a roupa, o que já deixa o coitado fragilizado. Aí, dá uma olhada no material torcendo o nariz, com um olhar preocupado, e mede o sujeito com o aparelho de pressão, a balança e o tal estetoscópio. Se até aqui o paciente estava em dúvida sobre sua saúde, a partir daí ele começa a ter certeza de que está muito doente. E é capaz de tomar qualquer coisa que você receitar com a sua caneta de marca.

Medicina é uma profissão muito respeitada e sempre vai ter futuro, as pessoas adoecem cada vez mais. A vantagem é que já existe remédio pra quase tudo. Acne, infecção, pressão alta... até disfunção erétil crônica já estão resolvendo. Só, pelo amor de Deus, não vá confundir os comprimidos.

Se você seguir essa carreira e um dia aparecer em seu consultório um paciente com processo alérgico, seja sincero com ele. Diga que você é capaz de aliviar os sintomas, mas infelizmente o que ele tem pertence ao mundo obscuro das coisas sobrenaturais e cura mesmo só na próxima encarnação.

Cantor

Cantor é uma das melhores profissões do mundo. O cara leva a vida na flauta, cantando amenidades, recebe aplausos, aparece na TV, distribui autógrafos e ainda ganha pra isso. Só precisa fazer em público aquilo que qualquer um faz no chuveiro. Com a diferença de que, durante a apresentação, é recomendável que esteja usando algum tipo de roupa.

Não vou entrar aqui nos detalhes dos bastidores do show business para não desmistificar o glamour que envolve a profissão. Afinal, como qualquer outra atividade, o ambiente fora do proscênio reflete toda a erosão de valores do mundo de hoje. Se você não é capaz de correr todos os riscos para se impor com dignidade nesse mercado de trabalho, é melhor ficar cantando no chuveiro. Agora, se você tem talento e determinação, e sabe que só cantando vai se realizar como ser humano, então não tem volta. Você foi picado pela mosca azul. Termine o banho, se enxugue, vista uma roupa e vá pro palco.

Uma das grandes vantagens da profissão de cantor é que não precisa carregar instrumentos. As cordas vocais já vêm como acessório

Crônicas para ler na escola 141

no pacote, no dia em que se nasce. Outros músicos, como o contrabaixista, não têm a mesma sorte. Em compensação, podem tomar sorvete e bebida gelada.

Ninguém sabe muito bem de onde veio essa mania que o homem tem de entoar melodias. Dizem que na época das cavernas ele queria imitar os passarinhos, mas hoje eu me escuto cantando e não consigo identificar a relação entre uma coisa e outra. Algum elo se perdeu pelo caminho.

Cantar é uma atividade aeróbica, ótima para a saúde. Durante um espetáculo, você faz uma hora e meia de respiração forçada. Só precisa de um pouco de oxigênio, combustível que se encontra em qualquer lugar, menos na Cidade do México e no centro de São Paulo.

A maior dificuldade para um cantor é conseguir explicar para seus próprios filhos que aquilo é um trabalho. Certa vez, meu filho me pediu uma carona. Era quinta-feira, dia de futebol com os amigos. No caminho pegamos o Michael, o João Paulo, o Felipe, o... O carro virou lotação, com uns sentados por cima dos outros. Quando chegamos ao Clube dos Macacos, o moleque virou pra mim e mandou:

— Aêêêê, Dad. Tipo cinco horas você pega a gente aqui, valeu?

Tentei uma negociação:

— Cara, eu trouxe todo mundo numa boa. Agora, pra voltar, vocês podiam combinar com outro pai, assim a gente se reveza...

E ele respondeu na lata:

— Não dá. Os outros pais trabalham!

Música e matemática

Música é pura matemática. O que a gente chama de nota musical é, na verdade, uma vibração determinada. Lá 4, por exemplo, é o nome que se dá para uma frequência de 440 hertz. Frequências mais altas, notas mais agudas. Mais baixas, notas graves. Além da altura, uma nota musical tem um tempo de duração, curto ou longo. Uma sequência de notas cria uma melodia. Notas tocadas ao mesmo tempo produzem acordes que geram harmonias. Aí, esse monte de notas com frequências e tempos variados é executado em um ritmo, tipo 4/4, 6/8... E um andamento determinado, como 120 bpm (batidas por minuto). Por isso, quando se reúne um grupo de músicos, é necessário um maestro para organizar a tropa, encontrar o máximo divisor comum entre eles, fazer uma contagem com a batuta e reger a orquestra.

Além de todas essas medidas musicais, na hora de compor uma canção ainda é preciso "encaixar" uma letra. Os versos precisam respeitar a métrica (um determinado número de sílabas), a prosódia (a acentuação tônica das palavras coincidindo com a acentuação melódica) e a rima (repetição de um apoio fonético). No fim, esse amontoado de vocábulos, milimetricamente ordenados em uma estrutura rígida, ainda tem que fazer algum sentido e ter um mínimo de beleza. Ou seja, é uma loucura, é mais complicado do que construir um edifício. Acho que vou voltar pra engenharia.

Sim, por incrível que possa parecer, eu sou Engenheiro Mecânico. Acontece que compositores/engenheiros não são tão raros na Música Popular Brasileira: Ivan Lins, João Bosco, Francis Hime e meu irmão Kleiton também são. No fim é isto: artistas e engenheiros são todos da mesma turma.

Para fazer um show, por exemplo, os músicos dependem de vários profissionais da área. Pra começar, é preciso construir um prédio, um teatro com tratamento acústico e instalar equipamentos de som e luz de última geração. Os instrumentos musicais utilizados em uma performance são ferramentas de alta precisão, projetados segundo formas, medidas, resistência dos materiais e até cálculo de engrenagens, como é o caso das chaves usadas para afinar as cordas do violão. A engenharia está presente nos mínimos detalhes.

A verdade é que o mundo está cada vez melhor graças aos engenheiros, nossos colegas. Se não fosse o domínio de toda essa tecnologia, estaríamos vivendo no meio do mato, cantando e dançando em volta de uma fogueira. Tá bom, a ideia é até simpática, ecologicamente correta, desde que você não se incomode com os mosquitos.

Eu adoro ciências exatas, tenho uma mente concreta, um pensamento lógico. O problema é que eu era um cara atrapalhado com as questões afetivas e corria o risco de me tornar um sujeito cartesiano. A música me salvou. Encontrei uma atividade absolutamente rigorosa, de precisão matemática, onde eu posso extravasar as minhas emoções.

Bom demais.

Prostituta

Prostituição é a profissão mais antiga do mundo. Por isso mesmo é tão respeitada e cultuada. É um clássico.

Desde que o homem é homem, a mulher é mulher. O dito sexo frágil foi dominado e obrigado a servir ao macho, a satisfazer suas necessidades e seus prazeres. Daí, quando precisou enfrentar o mercado de trabalho, a principal habilidade que elas haviam desenvolvido era exatamente essa, satisfazer necessidades e prazeres. A diferença é que estabeleceram um preço pelo serviço.

Assim como o cantor e o lutador de MMA, a prostituta só precisa do próprio corpo pra mostrar seu talento. A não ser que o cliente tenha preferências sadomasoquistas e goste de brincar com correntes, chicotes e serra elétrica.

Uma prostituta precisa ter habilidades manuais para, entre outras coisas, conseguir rodar a bolsa. E ter um mínimo de equilíbrio, pra não cair de cima do salto alto. Além disso, tem que ser boa atriz, saber fazer beicinho, fingir gemidos e interpretar textos como "você me enlouquece", "vai, vai, vai" e outros.

Por trás da profissional, no sentido figurado, sempre tem o cafetão, um cafajeste que administra o negócio. O cafetão é a segunda profissão mais antiga do mundo. Junto com ele surgiram o capitalismo e o conceito de mais-valia.

A prostituição é tradicionalmente exercida nas ruas, onde as profissionais disputam espaço com os travestis, seres musculosos de voz grossa, aparentemente do sexo feminino. Algumas prostitutas se organizam em uma espécie de cooperativa, uma casa com uma tia velha — chamada de Madame — que toma conta da bagunça e organiza o entra e sai da clientela.

Cada país, com sua própria idiossincrasia, desenvolveu um tipo característico de acompanhante. Na França havia a cortesã, uma devassa vip, que servia à corte e às altas-rodas sociais. O Japão criou as gueixas, jovens treinadas para entreter os fregueses. No Brasil... bem, nossas profissionais elevaram o serviço à categoria de arte e enlouquecem os turistas europeus.

Uma das vantagens da profissão é que, por ser uma atividade informal, não é preciso emitir nota fiscal. Por outro lado, não tem aposentadoria remunerada. Chega uma idade em que a clientela começa a sumir. Aí não tem jeito, é melhor pendurar as chuteiras, quer dizer, o salto alto, e procurar outra coisa pra fazer.

Super-homens

A primeira impressão que tive é que essa nova geração não conseguia se concentrar direito. Depois fui me dando conta de que eles desenvolveram uma capacidade de se concentrar em várias coisas ao mesmo tempo. Comparados a nós, são super-homens e supermulheres.

Quando eu era criança, o único de nós que conseguia tal proeza era o Mequinho, que jogava xadrez contra vinte adversários simultaneamente. Eu, um guri que tinha dificuldade de memorizar o movimento em L do meu próprio cavalo, ficava admirado com o brilho da mente do meu amigo, que enfrentava vinte exércitos ao mesmo tempo e conseguia prever a próxima jogada de todas aquelas cavalarias e infantarias. Estudava todas as variáveis, imaginava cada lance possível e, no fim, derrotava todos.

Henrique da Costa Mecking chegou a mestre internacional. Era meu vizinho em Pelotas e criamos uma amizade sincera que, mesmo a distância, se mantém até hoje. Chegou ao topo do ranking desse jogo

Crônicas para ler na escola **147**

que é considerado o suprassumo da capacidade mental. Pra mim, que acompanhava o boletim escolar dele, não foi nenhuma novidade.

Até hoje, nas rodas mais intelectualizadas, costumo me gabar dizendo que aprendi a jogar xadrez com o Mequinho. O que não deixa de ser verdade, se considerarmos jogador de xadrez um sujeito que conseguiu aprender o movimento das peças no tabuleiro. Com exceção do L do cavalo.

Em contrapartida, ensinei o Mequinho a dançar. O que posso dizer é que sou melhor enxadrista do que ele bailarino. Não tanto por meus feitos no tabuleiro, que são modestos. Mais pela dificuldade dele em transformar sua coordenação motora em algo que se possa chamar de dança. Aliás, um paradoxo que não tem muita explicação, pois um cara que é capaz de coordenar vários movimentos simultâneos de bispos, peões, torres e rainhas deveria ter facilidade para controlar seus próprios pés e dominar o balanço dos quadris. Talvez eu tenha sido um mau professor.

Voltando aos jovens, a sensação que tenho é que temos uma geração de mequinhos em várias áreas. Gente capaz de enfrentar adversidades múltiplas e variadas. E vencer todas. Tenho esperança nessa gurizada. Eles ainda vão fazer um mundo muito melhor do que esse que a gente conseguiu construir. Claro, tudo isso depois que passar a fase da adolescência, que é a hora do recreio.

Presidente da República

Presidente da República é a melhor profissão do Brasil. O cara ganha um bom salário, tem casa, comida, roupa lavada, empregados, mordomo, carro à disposição — com motorista — e até avião particular. E tem mais, não precisa pagar conta de luz, água, telefone, TV a cabo e nem a fatura do cartão de crédito. É o sonho de qualquer brasileiro.

Não é preciso muitas qualificações para o cargo. Você pode até mesmo não ter a menor experiência administrativa. Qualquer um pode se candidatar. Essa é a parte bacana da democracia, você não precisa ser um doutor. Não precisa saber falar inglês, espanhol e nem mesmo o português. Agora, se você quiser um emprego como o de gari, por exemplo, aí é diferente. Vai precisar, pelo menos, ter cursado o ensino fundamental.

A maior dificuldade para se conseguir esse emprego é que só há uma vaga e a escolha é feita através de eleição por voto popular. Calcula-se que o candidato precise de uns 50 milhões de votos para se eleger, ou seja, o cara tem que ser bem popular, tipo assim, um galã de novela ou um cantor sertanejo.

Claro, como qualquer emprego, sempre tem um lado chato. Você terá que comparecer a festas, jantares e recepções o tempo todo e, como não pode fazer desfeita, é bem possível que aumente de peso. Também a taxa de colesterol costuma disparar, por causa do consumo exagerado de caviares, queijos e vinhos de safra especial.

Antes de tudo, para chegar lá é preciso fazer campanha eleitoral e prometer uma série de coisas, mesmo que depois não sejam cumpridas. Anote aí algumas sugestões: criar 10 milhões de empregos, baixar os juros da economia, fazer a reforma tributária, acabar com a corrupção, promover o desenvolvimento sustentável e resolver definitivamente os problemas de segurança, educação e saúde deste país. Pronto, você tem aí um esboço de programa de governo e já pode se candidatar.

Quem consegue se eleger presidente do Brasil passa a viver como um rei. São dois palácios à disposição, um pra morar, outro pra trabalhar. E, pasme, não precisa pagar IPTU.

Depois de quatro anos de serviço, você recebe uma aposentadoria especial que, além do salário vitalício, inclui um pacote extremamente generoso de benefícios e regalias. Gostou?

Gente do Brasil

Carnaval de rua

O Carnaval do Rio de Janeiro está cada vez mais animado. Além do tradicional desfile das escolas de samba que sacode a Marquês de Sapucaí, de uns anos pra cá foi revitalizado o Carnaval de rua. São centenas de blocos que levam alegria para todos os bairros. E xixi. E engarrafamento.

Eu, que já não me atrevia a viajar nessa época do ano para evitar estradas congestionadas, agora não saio nem de dentro de casa. Eu não me mexo, em compensação meus filhos... É um tal movimento de entra e sai que eu não consigo acompanhar se estão chegando pra dormir ou saindo para mais um bloco. A folia acontece o dia inteiro, tem até bloco que desfila às oito da manhã.

Teve um dia que meu filho saiu fantasiado de Post-it. No dia seguinte, com um capuz de plástico enfiado na cabeça, me disse que aquilo era uma fantasia de Camisinha. Minha filha estava linda de Jessica Rabbit, e depois de Zorro, que ela insiste em dizer que era outra coisa, tipo "beijo me liga da Justiça". Não entendi. A criatividade não tem fim.

Pelas ruas, o que se viu foi essa criatividade levada ao extremo. Teve um que se fantasiou de Facebook. Outro de Google Maps. Outro de PacMan. Um cara meio gordo se enfiou dentro de um enorme tubo de papelão e saiu de Papel Higiênico Usado. Tinha gente fantasiada de Táxi, de Cone Humano, de Banheiro Químico, de Toddynho. Um malandro levou uma vara de pesca com vários cartões de crédito no lugar de isca para, segundo ele, "pescar alguma gostosa".

Outra bem-humorada tradição do Carnaval carioca são os nomes dos blocos: Suvaco do Cristo — cuja concentração é bem embaixo dos braços abertos do Redentor —; Vem ni mim que sou facinha; Simpatia é quase amor; Que merda é essa?; Empurra que pega; Meu bem, volto já; Azeitona sem caroço; Largo do Machado, mas não largo do copo; Chupa mas não baba; Se me der, eu como; Pressão alta; Virilha de minhoca; Vai tomar no Grajaú; Sargento Pimenta — só com músicas dos Beatles —; Me beija que eu sou cineasta — que ganhou o apelido de BlocoBuster — e muitos outros.

Quando perguntei ao meu filho o que rolava de tão interessante nesse Carnaval de rua, ele me respondeu o óbvio: "Pegação, Dad. Só hoje, no Bangalafumenga, eu fiquei com sete."

Tipo da coisa que não dá pra descobrir se você ficar, como eu, acompanhando o Carnaval pela televisão.

República dos Rios Grandes

O nome Rio Grande do Sul é uma referência à Lagoa dos Patos, que os descobridores portugueses, equivocadamente, pensavam que fosse um enorme rio. Toda essa quantidade de água começa com cinco rios que se encontram para formar o Guaíba e depois a lagoa. Para então, segundo a lenda, criar o oceano Atlântico. Pelo menos é o que dizia minha avó.

Em Recife ouvi a mesma história com outros personagens, o Beberibe e o Capibaribe. Não sei, não quero entrar nessa discussão de quem deu origem ao oceano, mas acho que nós, os gaúchos, temos muito mais volume d'água.

O estado do Rio Grande do Norte traz em seu nome uma homenagem ao rio Potengi, que lá na língua da tribo dos potiguares quer dizer exatamente "rio grande".

Paraná, em tupi-guarani, também quer dizer "rio grande". Pela lógica, respeitando a situação geográfica, o estado deveria se chamar Rio Grande do Meio.

Crônicas para ler na escola 155

Pernambuco vem do tupi *paranampuka* e significa "encontro de rios grandes". Seguindo a mesma linha de raciocínio, podemos chamar o estado de Rio Grande do Nordeste.

Paraíba quer dizer "rio revolto, de difícil navegação". Sugiro mudar para Rio Cabra da Peste. Além de manter o significado original, é uma maneira de exaltar as qualidades de seu povo valente e destemido.

O estado de São Paulo é cortado pelo Tietê, que, em tupi, significa "rio verdadeiro, volumoso". Seria bem simpático se mudássemos o nome do estado para Rio Grande de São Paulo. Ganharíamos assim a referência fluvial, sem perder a benção do santo.

Rio de Janeiro é uma licença poética. Não se pode dizer que ele pertence apenas a um dos meses do ano. Além disso, é um erro de geografia: aquela água toda é na verdade uma baía. Proponho desconsiderarmos o equívoco geográfico e corrigirmos apenas o delírio poético. Ficaremos então com Rio Grande do Leste.

Bahia. Todo mundo sabe que baía não se escreve mais com H. Temos aqui uma boa oportunidade para resolver esse dilema ortográfico. Sugiro prestarmos uma homenagem ao grande rio que corta a região, rebatizando o estado da Bahia com o nome de Rio São Francisco do Norte.

Rio São Francisco do Sul seria usado então para designar o atual estado de Minas Gerais, que dessa maneira ficaria também alinhado à nova reforma.

O Amazonas é o maior rio do mundo e batizou o maior estado da Federação. Ficaria muito melhor como Rio Grande do Oeste. Para o estado do Tocantins, cujo nome faz menção a seu famoso rio, sugiro seguir a coerência: Rio Grande do Centro. Pará é uma homenagem ao encontro das águas do Tocantins com o Amazonas, que forma um "rio tão grande que parece um mar". Vamos chamar de Rio Muito Grande Mesmo.

Como dá pra notar, existe uma tendência histórica de identificar os diferentes lugares do Brasil através de nossas importantes bacias fluviais. E com tantos rios caudalosos espalhados pelo país, o mais justo seria mudarmos o nome da nação para República dos Rios Grandes. Que tal?

O problema é que não seríamos mais chamados de brasileiros, teríamos que nos acostumar com uma nova identidade, uma outra maneira de... Calma aí, pensando bem... Acho melhor não mexer em nada. Vamos deixar tudo como está.

Afinal, isso aqui é Brasil. Já temos uma história bonita pra contar.

Gente do Brasil

Martinho da Vila, Fafá de Belém, Ney Matogrosso, Zé Ramalho da Paraíba, Gaúcho da Fronteira, Robertinho do Recife, Rosinha de Valença, Canhoto da Paraíba, João Pernambuco, Chico Maranhão, Bahiano, Catulo da Paixão Cearense, Novos Baianos, Pessoal do Ceará, Os Cariocas e a Banda de Pífanos de Caruaru. Patativa do Assaré, Barão de Itararé, Analista de Bagé, Ana Botafogo, João do Rio, Baby do Brasil.

Ronaldinho Gaúcho, Renato Gaúcho, Juninho Paulista, Juninho Pernambucano, Marcelinho Carioca, Marcelinho Paulista, Fábio, Fernando, Gil e Júnior Baiano, Dudu Cearense, Ceará e Pará.

Neguinho da Beija-Flor, Noca da Portela, Xangô da Mangueira, Dominguinhos do Estácio.

Engenheiros do Hawaii, Chico Buarque de Hollanda, Hamilton de Holanda, George Israel, Emilio Santiago, Vanderlei Luxemburgo, Hanói Hanói, Patrícia França, Cátia de França, Beto Jamaica, Biafra, Mel Lisboa, Renato Russo.

Barca do Sol, Bando da Lua, Scarlet Moon, Marcelinho da Lua, Céu da Boca, Céu, Camisa de Vênus, Júpiter Maçã, Daniela Mercury, João Mineiro e Marciano.

Gente do Brasil, gente brasileira, gente da gente.

Jackson do Pandeiro, Jacob do Bandolim, Paulinho da Viola, Nelson Cavaquinho, Chiquinho do Acordeon, Oswaldinho do Acordeon, Edu da Gaita, Quinteto Violado, Chico Batera, Dino 7 Cordas, Raul do Trombone, Serginho Trombone, Paulinho Trompete, Paulinho Guitarra, Jorginho do Pandeiro, Jorginho da Flauta, Jair do Cavaquinho, Pedrinho do Cavaco, Mano Décio da Viola.

Zeca Pagodinho, Luis Melodia, Maurício Maestro, Os Batutas, Originais do Samba, Harmonia do Samba, Funk'n Lata e AfroReggae.

Gente do Brasil, gente brasileira, gente da gente.

Nara Leão, Danuza Leão, Mariza Leão, Emerson Leão, Leão Lobo, Heitor Villa-Lobos, Dado Villa-Lobos, Fernando, Edu e Bena Lobo. Lobão, Marisa Gata Mansa, Cama de Gato, Bonde do Tigrão, Borba Gato, Marcelo Camelo, Paulinho Moska, Miquinhos Amestrados, Kid Abelha, Pato Fu. Arnaldo Cesar Coelho, Alexandre Pato, Paulo Henrique Ganso, Paulo Roberto Falcão. Falcão do Rappa, do futsal, do brega. João, Adriana e Clarice Falcão. Joelho de Porco, Cachorro Grande, Meire Pavão, Formiga, Nuno Cobra, Garrincha, Márcia Cabrita, Paloma Duarte, Ziraldo Alves Pinto, Edson Cordeiro, Asa de Águia, Lula, Ratinho, Amigo da Onça, João Emanuel Carneiro, Macaco Simão, Bixo da Seda, Canarinhos de Petrópolis, Guerra-Peixe, Galo Preto, Ratos de Porão, Sandra Passarinho, Jararaca e Ratinho.

Gente do Brasil, gente brasileira, gente da gente.

Marília Pêra, Sandra Pêra, Amora Pêra, Antônio Pitanga, Camila Pitanga, Marina Lima, Fernanda Lima, Helena e Ellen de Lima, Família Lima, Castanha e Caju, Selma do Coco, Milton Banana, Chiclete com Banana.

Mastruz com Leite, Cláudia Leitte, Secos e Molhados, Adriana Varejão, Felipe Massa, Trio Mocotó, Farofa Carioca, Carlos Cachaça, Almôndegas, Herva Doce, Batatinha, Passoca, Gordurinha.

Gente do Brasil, gente brasileira, gente da gente.

Patricia Poeta, Gabriel o Pensador, Nelson Sargento, Paulinho Boca de Cantor, Walter Alfaiate, Procópio e Bibi Ferreira, Zeca Baleiro, Arrigo Barnabé, Tiradentes, José Roberto Torero.

Beth Carvalho, Roberto de Carvalho, Armando Nogueira, Marcos Palmeira, Thierry Figueira, Geraldo Pereira, Tonico Pereira, Carlos Alberto Parreira, Silas de Oliveira, Dalva de Oliveira, Paolla Oliveira, Leila, Chico e Paulo Cesar Pinheiro.

Paralamas do Sucesso, Bidê ou Balde, Lampião, Vassourinha, Cartola, Arlindo Cruz e Sombrinha, Marília Medalha, Manuel Bandeira, Machado de Assis, Maria Clara e Ana Maria Machado, Reginaldo Leme, Rita Cadillac, Roberto Dinamite, Tostão, Glória Pires, Juca Chaves.

Maria Bonita, Hermínio Bello de Carvalho, Antônio Callado, Sebastião Salgado, Assis Valente, Jorge Amado, Caetano Veloso, Marieta Severo, Fausto Silva, Galvão Bueno, Dudu Nobre, Moacyr Franco, Jorge Furtado, Ângela e Leandra Leal, Diana Pequeno, Paulo Cesar Grande, Garganta Profunda, Boca Livre.

Barão Vermelho, Billy Blanco, Black Rio, Branco, Branco Mello, Carlinhos Brown, Preta Gil, Paulinho Pedra Azul, Pena Branca e Xavantinho, Inezita e Ary Barroso, Samuel e Noel Rosa.

Patricia Pillar, Pedro Luis e a Parede, Walter Casagrande, Fernanda Torres, Evandro Mesquita, Paulo Pontes, Osório Duque Estrada, Sérgio Porto.

Marisa Monte, Fernanda Montenegro, Glauber Rocha, João de Barro, Manoel de Barros, Ana Terra, Myriam Rios, Natália do Vale, Adélia Prado, Augusto e Haroldo de Campos, Vanessa e Roberto Da Matta. Toninho Horta, Jaime Monjardim, Fundo de Quintal. Tony Tornado,

Hilda Furacão, Roberto Bomtempo. Rildo Hora, Sergio Dias, Antônio Dias, Domingos de Oliveira e Dominguinhos.

Heitor dos Prazeres, Elke Maravilha, Noite Ilustrada, Cordel do Fogo Encantado, Jovelina Pérola Negra, Arthur Bispo do Rosário, Augusto dos Anjos, Qorpo Santo, Agostinho dos Santos, Zuenir Ventura, Perfeito Fortuna.

Gente do Brasil, gente brasileira, gente da gente.

Datas e locais de publicação das crônicas deste volume

As crônicas que fazem parte deste livro foram publicadas entre 2006 e 2013 nos jornais *Zero Hora* (Porto Alegre, RS) e *Brazilian Voice* (EUA). Para esta edição o autor fez algumas alterações nos textos originais. "Língua brasileira" e "Plurals" fizeram parte do livro *Tipo assim* (RBS Publicações, 2003).

Conheça mais sobre nossos livros e autores no site
www.objetiva.com.br
Disque-Objetiva: (21) 2233-1388

Este livro foi impresso na
LIS GRÁFICA E EDITORA LTDA.
Rua Felício Antônio Alves, 370 – Bonsucesso
CEP 07175-450 – Guarulhos – SP
Fone: (11) 3382-0777 – Fax: (11) 3382-0778
lisgrafica@lisgrafica.com.br – www.lisgrafica.com.br